Daniel Sebastian Saladin · *Getötet wird keiner*

Daniel Sebastian Saladin

Getötet wird keiner

Roman

Rotpunktverlag

Der Verlag dankt dem PRÄSIDIALDEPARTEMENT DER STADT ZÜRICH, der CASSINELLI-VOGEL-STIFTUNG, Zürich und dem MIGROS KULTURPROZENT für die großzügige finanzielle Unterstützung.

Die Deutsche Bibliothek – CIP-Einheitsaufnahme

Saladin, Daniel Sebastian:
Getötet wird keiner : Roman /
Daniel Sebastian Saladin. – Zürich : Rotpunktverl., 1999
ISBN 3-85869-190-9

© 1999 Rotpunktverlag, Zürich

Alle Rechte vorbehalten.
Nachdruck in jeder Form, Speichern auf Datenträger sowie die
Wiedergabe durch Fernsehen, Rundfunk, Film, Bild- und Tonträger
oder Benützung für Vorträge, auch auszugsweise, nur mit
Genehmigung des Verlags.

Umschlaggestaltung: Agnès Laube, Zürich
Druck und Bindung: Offizin Andersen Nexö Leipzig

ISBN 3-85869-190-9

1. Auflage

*Für die, die in
den Jahren 1994 bis 1998
mit mir waren.*

I. Les Bois

Die Regenfälle hielten an. Über mehrere Wochen hin. Das ganze Tal war aufgeweicht. Die Bäume lösten sich aus der durchtränkten Erde und rutschten zusammen mit Dreck und Geröll zum Talboden ab. Dort hatte sich eine ungeheure Schlammmasse angesammelt.

Der Hinweis kam von einer Schulklasse, die sich in Regenmänteln und hohen Gummistiefeln hinunter in die Talsenke begeben hatte, um von dort aus die Erdbewegungen zu beobachten und Bodenproben zu nehmen. Es handelte sich um die erste Sekundarklasse von Les Bois, um zwölf- und dreizehnjährige Knaben und Mädchen. Die Lehrerin verstand die Expedition hinunter zum Schlamm als Anschauungsunterricht im Fach Geografie. Die Klasse war von der Idee sogleich begeistert. Allerdings schien die Lage im Tal recht bedenklich, so dass das Vorhaben nicht nur Zustimmung hervorrief. Die Kolleginnen und Kollegen im Lehrerzimmer rieten von der Expedition ab. Zumindest sollte eine Bewilligung der Schulbehörde eingeholt werden. Die Lehrerin aber wollte sich nicht auf bürokratische Wege begeben. Sie erklärte, um Proteste seitens der Eltern zu umgehen, die Expedition kurzerhand als freiwillig und überließ die Entscheidung, ob Tochter, ob Sohn teilnehmen durfte, den Eltern. Zudem verteilte sie einen genauen Plan, auf welchem die vorgesehene Route eingetragen war. Die Lehrerin hatte an den freien Wochenendtagen das Gelände ausgiebig erkundet und jede mögliche Gefahr auf einem Plan eingezeichnet. Sie hatte bisherige Erdrutsche wie auch Stellen, wo ihr das Gefälle zu gering schien, als dass sich der Boden lösen könnte, vermerkt. Dieser Plan mit den genauen Hinweisen auf mögliche Gefahrenherde überzeugte die Eltern.

Am frühen Dienstagmorgen der vierten Regenwoche versammelten sich die Mädchen und die Knaben der ersten Sekundarklasse vor dem Schulhaus in Les Bois. Neben Verpflegung wurden auch kleine Schaufeln und Plastikbehälter mitgenommen. Ein Gelächter, wie es etwa vor Schulreisen üblich ist, blieb aus. Mit ernsthaften Gesichtern standen die Kinder auf dem Platz, alle nahe beieinander. Manche hielten die Hände gefaltet. Die Lehrerin, unter einem leuchtend gelben Regenschutz verborgen, gab das Signal zum Aufbruch. Hinter den verschwommenen Fenstern des Schulhauses konnte man Kinder aus anderen Klassen erkennen, die der davonziehenden Expedition nachschauten.

Noch immer regnete es. Nicht mehr in Strömen, wie zu Beginn des Unwetters, aber weiterhin stark und beinahe ununterbrochen. Zunächst überquerte die Klasse die Dorfstraße, dann bog sie beim Brunnen weg, vorbei an der Dorfmetzgerei, hinunter zur Kirche. Der Friedhof hatte unter den Regengüssen ebenfalls arg gelitten. Die Gräber waren überspült worden, Wassermassen, die von der Dorfstraße hinab geströmt kamen, hatten allerhand Dreck und Abfall auf die letzten Ruhestätten geworfen. Blumen und Kerzen, die ehemals die Gräber zierten, waren fortgeschwemmt worden. Die Kinder sprachen kein Wort, als sie am Friedhof vorbeizogen. Beinahe alle kannten zumindest einen Namen, ein Grab, und ein Mädchen wusste gar seine Eltern unter dem Schlamm begraben. Ein Verkehrsunfall vor zwei Jahren, das Dorfgespräch damals. Auf einer kleinen geteerten, da und dort überschwemmten Straße schritt die nun bereits in die Länge gezogene Gruppe über die große Ebene, die unmittelbar an den Friedhof anschloss und die weit hinaus sich dehnte, bis dahin, wo der Wald und die Senkung begann. Einige sprachen leise, andere schwiegen. Die Lehrerin ging an der Spitze und ihr gelber Regenmantel leuchtete hinauf zum Himmel. Ein letztes Haus allein am Wegrand: Es war die halbzerfallene Villa zweier Schwestern, welche schon seit unzähligen Jahren inmitten der Ebene wohnten, zwischen Dorf und Talsenke. Im Dorf wurden sie kaum je gesehen. Aber es wurde gesprochen über sie. Die Fenster lagen hinter großen, uralten Tannenbäumen verborgen, der Gartenzaun war stellenweise eingebrochen und unter einem der alten Bäume stand ein vollständig verwitterter Holzstuhl. Als die Gruppe vorbeizog, mischte sich das Geräusch des Regens mit den Klängen eines Klaviers. Ein Fenster musste offen stehen, offenbar, und eine der Schwestern (so ist zu vermuten) spielte auf einem Klavier. Es war eine klare Musik, die gespielt wurde, vielleicht Schubert ohne Pedal, vielleicht Bach, eine verlorene Musik jedenfalls. Und Regen und Klavierklänge gingen ineinander über, verschmolzen, und es war nicht mehr auszumachen, was der Gruppe folgte, als sie das Haus hinter sich ließ: Regengeräusche oder vereinzelte Klänge aus einer großen und einsamen Klaviermusik. Einige Mädchen begannen über das Schwesternpaar zu sprechen, über die Gerüchte, die im Umlauf waren. Es wurde gerätselt im Dorf, wovon die Schwestern lebten, welcher Art Beschäftigung sie nachgingen – ob es Männer gebe in ihrem Leben. Eine Schülerin wollte von zwei Mädchen wissen, entfernte Verwandte aus der Kleinstadt, die einmal ein Wochenende bei den Schwestern verbracht hätten, Mädchen, nicht älter als sie selbst. Die Schülerinnen gerieten unter ihren Regenmänteln in eine kleine Aufregung. Auch die Knaben begannen nun zu sprechen. Einige suchten das Gespräch mit der Lehrerin. Bald gelangte man an den Punkt, von wo aus es hinuntergehen sollte, hinunter ins bewaldete Tal.

Beim Waldrand stand die Zivilschutzanlage der Gemeinde und unmittelbar dahinter fiel der Boden ab. Es ist anzunehmen, dass es diese Anlage war, welche die Behörden einst veranlasst hatte, das Sträßchen vom Dorf her über die ganze Ebene hin, vorbei an der halbzerfallenen Villa der beiden Schwestern zu teeren. Nun versammelte die Lehrerin die Klasse vor dem Eingang zur Anlage. Sie ordnete an, wie der Abstieg genau vollzogen werden sollte, in welchem Abstand die einzelnen Grüppchen einander zu folgen hätten, wie Nachrichten weitergeleitet werden sollten und wie auf Unvorhergesehenes zu reagieren sei. Sie betonte nochmals, dass sie den Weg, den sie nun absteigen würden, viermal erprobt habe und dass es ihrer Meinung nach zu keinerlei Zwischenfällen kommen sollte. Man müsse bloß aufmerksam gehen, die Schritte sehr vorsichtig setzen und darauf achten, dass niemand isoliert würde. Sollte entgegen allen Erwartungen irgendwo Erde ins Rutschen kommen, so habe man sich so schnell wie möglich seitwärts wegzubewegen. In keine Panik solle man verfallen, das sei das Wichtigste. Weiter erklärte sie die akustischen Signale, mit welchen sie den sofortigen Stillstand der ganzen Unternehmung und daran anschließend einen möglichen Fortgang bedeuten wollte, und es wurden weitere Zeichen für Notfälle festgelegt. Schließlich gab die Lehrerin bekannt, dass sie den Schlüssel für die Zivilschutzanlage bei sich führe. Für eine allfällige medizinische Erstversorgung bräuchte man also nicht bis ins Dorf zurückzugehen. Auch wäre in der Anlage ein erstes Ausruhen nach dem Wiederaufstieg möglich. Für Durchnässte, Durchfrorene und für alle, die dies wünschten, stünden warme Duschen zur Verfügung. Erstmals musste die Klasse hörbar lachen, Erleichterung war zu spüren. Die Zivilisation so nahe, die warmen Duschen greifbar – da verlor der bevorstehende Abstieg beträchtlich an Bedrohung. Anstrengend würde es werden, ja sollte es werden, keine Frage, aber gefährlich nicht!

Mehr als eine Stunde hatte der Abstieg gedauert. Zweimal geschah es, dass jemand mit einem Gummistiefel im Dreck stecken blieb. Beide Male konnten die Steckengebliebenen von Mitschülern befreit werden. Ansonsten verlief der Abstieg ohne nennenswerte Zwischenfälle. Manchmal musste der Weg freigeräumt werden. Hinabgespültes Gebüsch und Äste verstellten den Pfad. Über umgestürzte Bäume mussten die Kinder einzeln hinüberklettern, da die Gefahr bestand, dass der zu Boden gerissene Baum noch weiter abrutschen könnte, würde er zu stark belastet. Ein Knabe kratzte sich an einem Ast die Hände blutig, ein Mädchen fiel mit dem Gesicht in den Schlamm.

Was die Kinder erstaunte, war die Vielfalt dessen, was sie zu sehen bekamen. Teilweise hatten Schlammlawinen ganze Schneisen in den Wald gerissen, so wie es die Kinder von Fernsehbildern her kannten. Aber die Kinder wateten nicht bloß in Schlamm und Dreck. Sie sahen auch Erde und Steine, die ihnen bisher niemals aufgefallen waren im Wald. Es handelte sich um eine mit kleinsten Steinen durchsetzte Erde, welche eine auffällige und unbestimmbare Farbe hatte. Vielleicht war gerade das Unbestimmbare an ihr das Auffällige. Manchmal schimmerte sie blau, manchmal grün, und fast übergangslos wechselte sie zwischen diesen beiden Farben. Sie erwies sich als vergleichsweise hart und das Gehen auf ihr verursachte weniger Mühe als das Gehen im Schlamm. Als sich endlich die ganze Klasse auf dem Talboden eingefunden hatte, da begannen einige Mädchen und Knaben sogleich und ganz aufgeregt von dieser seltsamen Erde zu sprechen.

Die Lehrerin forderte die Gruppen auf, Bodenproben zu nehmen. An je zwei unterschiedlichen Stellen sollte nach Schlamm einerseits und nach der blaugrünlichen Erde andererseits gesucht werden. Die Kinder schwärmten aus und bald waren die Behälter gefüllt. Danach wies die Lehrerin die Kinder an, die Fundstellen der blaugrünlichen Erde genauer zu betrachten. Wieder verteilten sich die Gruppen im Gelände. Die Fundstellen lagen zum Teil im Abhang selbst. Die obere Erdschicht war weggerissen worden, grünbläulich schimmerte die sonderbare Erde nun an deren Stelle hervor. Im Talboden lag diese Erde stellenweise auf dem Schlamm obenauf. Die blaugrünliche Erde, ungeschützt und bloßgelegt, nachdem die obere Erdschicht weggerissen worden war, musste stellenweise dem Schlamm ins Tal nachgerutscht sein. Aber da gab es auch Stellen in der weiten Talsenke, die meterweit von den Schlammmassen entfernt lagen. Die Erde schien aufgerissen, von innen her aufgerissen, und schaute man in diese Risse hinein, so schimmerte einem das Blau und das Grün der sonderbaren Erdschicht entgegen. Vereinzelt drängte die magische Erde gar aus den Rissen hervor gleich einer Füllung, der es in einem Behälter zu eng geworden ist und die diesen Behälter von innen her aufgebrochen hat. Die Kinder trugen ihre Beobachtungen zusammen und die Lehrerin erklärte zusammenfassend, dass durch Druck untere Erdschichten hochgepresst worden sein mussten, ein nahezu unvorstellbarer Vorgang, wenn man nichts ahnend im Alltag auf Straßen und Plätzen und über Wiesen gehe. Genauer besprechen wollte sie die Ergebnisse im Schulzimmer. Es war Zeit zur Rückkehr. Höchste Zeit. Und der Aufstieg erwies sich als um einiges beschwerlicher als der Abstieg. Die Beine der Kinder waren müde und schwer geworden. Einige gerieten an den Rand der Erschöpfung, mussten streckenweise hochgezogen und hochgestoßen werden. Die Zahl derer, die ausrutschten oder im Schlamm stecken blieben, stieg. Die meisten waren durchnässt, bis auf die Haut durchnässt, und froren. Vorbildlich aber war, wie die Kräftigen den Schwächeren halfen, wie kaum jemand murrte oder klagte. Trotzdem, einige hielten nicht durch und fielen hin. Man hob sie auf, sprach ihnen gut zu, stellte das Zivilschutzgebäude in Aussicht.

Die Kinder wankten in den Vorraum. Die schmutzigen Regenmäntel und die Gummistiefel wurden allesamt ausgezogen. Verschmutzte Kleider ebenfalls. Die meisten streiften die Kleidungsstücke beinahe apathisch ab. Im Aufenthaltsraum lagen auf einem Tisch Tücher bereit. Die Lehrerin versprach, die durchnässten Kleidungsstücke in den Trockenraum zu hängen, und wies den Kindern den Weg zu den beiden großen Gemeinschaftsduschen. Einige Mädchen aber zogen, bevor sie den Aufenthaltsraum Richtung Dusche verließen, die Unterhemden aus und stiegen aus den durchnässten Unterhosen. Sie übergaben der Lehrerin die Wäsche und hängten unter den Armen gegenseitig ein. Die Knaben und auch die Lehrerin staunten, als sie die dichten Haarbüschel der nackten Mädchen sahen, Mädchen, die zuvor noch in Unterwäsche Kinder gewesen waren. Und so selbstverständlich waren die Mädchen aus den Kleidern gestiegen, dass die Lehrerin, Sekunden, nachdem die Mädchen in Richtung Duschen davongegangen waren, wortlos den Raum verließ. Sie wäre sich lächerlich vorgekommen, hätte sie die Mädchen zurechtgewiesen. Im Vorraum zog sie den gelben Regenschutz aus und schlüpfte aus ihren feuchten Socken, die, so ihr Eindruck, schmutzige Abdrücke hinterließen. Dann sammelte sie sämtliche nassen Kleider im Vorraum ein und begab sich wieder in den Aufenthaltsraum. Der Raum war leer. Einige Knabenunterhosen lagen zerstreut am Boden. Die Lehrerin nahm auch diese mit und hängte die nassen Kleider allesamt im Trockenraum auf. Nach einigen Minuten kehrte sie in den Vorraum zurück. Beim Durchqueren des Aufenthaltsraumes konnte sie aus dem Korridor, der zu den Duschräumen führte, keine Geräusche vernehmen. Im Vorraum lag ein Schlauch bereit. Die Lehrerin hob ihn auf und begann die Gummistiefel abzuspritzen. Bei einigen Stiefeln, in welchen sich Schmutz und Schlamm befanden, spritzte sie auch das Innere aus.

Dann sammelte sie die ausgewaschenen Stiefel zusammen und trug sie ebenfalls in den Trockenraum. Beim Durchqueren des Aufenthaltsraumes konnte die Lehrerin abermals keine Geräusche hören. Den Raumtrockner hatte sie auf die Höchststufe geschaltet. Die Kleider der Kinder wehten wild durcheinander, einzelne Stücke wurden von den Leinen gerissen und sie musste sie wieder einsammeln. Die Lehrerin stand minutenlang einfach da und ließ sich die heiße Luft ins Gesicht blasen. Sie verließ dann den Trockenraum, blieb in der Mitte des Aufenthaltsraums kurz stehen, horchte, ging ein paar Schritte auf den Duschkorridor zu, hörte vereinzeltes Lachen, keinen besonderen Lärm jedoch. Sie wollte nicht nachsehen. Ein süßes Gefühl verspürte sie im Bauch – sie war zufrieden, glücklich für Augenblicke. Die Kinder konnten bei ihr etwas lernen, Wichtiges lernen, dachte sie. Für einmal war sie dem Betrieb entflohen, dem Läuten der Pausenglocke, dem gleichförmigen Takt der Stunden. Sie sah die nackten Mädchen vor sich und konnte die blaugrünliche Erde und die Mädchen nicht mehr getrennt voneinander denken. Einen Strich durch die Rechnung machen, das dachte die Lehrerin dann später im Vorraum, als sie erneut den Schlauch in ihre Hände nahm und den Dreck und den Schlamm aus dem Raum hinaus und vor der Eingangstür in eine Vertiefung spülte. Das war die Bedingung, unter welcher ihr der Schlüssel zur Anlage ausgehändigt worden war, im Geheimen ausgehändigt: Kein Schmutz, keine Zeichen dürfen zurückbleiben, ein ungewöhnlicher, ein nicht vorhergesehener Gebrauch, das betonte der Chef der Anlage, aber immerhin werde die Anlage einmal benutzt. Genau so zurücklassen, wie man es angetroffen habe. Den Vorraum und den Aufenthaltsraum reinigen. Die zurückbleibende Nässe würde rechtzeitig trocknen. Einzig die gebrauchten Handtücher könne sie auf einem Stapel liegen lassen. So die Abmachung.

Wieder blieb die Lehrerin beim Durchqueren des Aufenthaltsraumes stehen. Die Kinder waren noch immer in den Duschräumen. Es trieb sie hin. Es trieb sie hin und es stieß sie fort. Am liebsten hätte sie die Anlage verlassen, von außen geschlossen und die Kinder dem Schicksal überlassen. Auf und davon, hinauf zum Dorf, vorbei am Klavierspiel der Schwestern und an ihrer halbzerfallenen Villa, oben dann ins Auto und fort. Die Kündigung der Lehrstelle noch gleichentags in den Briefkasten geworfen, unten in der Kleinstadt, und dann eine Reise. Sie ging in den Trockenraum. Sämtliche Unterwäsche war trocken, beinahe ausgedörrt schon. Sie sammelte die Wäsche ein, trug das Eingesammelte in den Aufenthaltsraum und begann damit, die Unterwäsche auf den Tischen auszulegen. Später legte sie auch die übrigen Kleidungsstücke bereit. Bald eine Stunde vorbei. Die Lehrerin erschrak. Sie merkte, dass ihre Wäsche eigentlich auch nass war. Sie dachte an die blaugrünliche Erde und insgeheim an ein Verbrechen. Sie schritt im Aufenthaltsraum auf und ab. Dann ging sie auf den Duschkorridor zu, blieb da, wo dieser begann, stehen und schrie: »Schluss!« Sie schrie dreimal und mit aller Kraft. Dann verließ sie den Aufenthaltsraum und wartete im Vorraum. Bald hörte sie Stimmen. Sie atmete auf. Die Kinder waren aus der Dusche zurück, es gab sie noch! Fünf weitere Minuten ließ sie verstreichen. Dann öffnete sie die Tür zum Aufenthaltsraum und sah die Kinder, wie alle schon fast gänzlich angekleidet standen oder saßen. Sie betrachtete sie mit einem strengen Blick. Die Kinder schauten fragend, aber auch glücklich zurück. Die Mädchen durchbrachen das Schweigen und bedankten sich für die Wäsche und die Kleider. Die Tücher, welche die Kinder zum Abtrocknen benutzt hatten, lagen zusammengelegt auf einem Tisch. Die Lehrerin setzte zu einer Frage an, spannte den Körper, hielt den Atem an, und dann knapp und in der Intonation karg: »Habt ihr...«, sie stockte, begann von neuem: »Ich meine ... gemeinsam ...?« Die Knaben senkten die Köpfe, manchen entfuhren sinnlose Geräusche. Die Gesichter der Mädchen aber verwandelten sich. Sie strahlten die Lehrerin an, als wär' sie mit ihnen gewesen. Die Lehrerin fühlte, wie überflüssig, wie unangebracht ihre Frage war. »Ach, vergessen wir das«, sagte sie dann, »ich wollte sagen, morgen um acht Uhr im Klassenzimmer. Ich danke euch, ihr habt euch sehr gut verhalten.« Ein Kichern bei einigen Knaben, auch bei Mädchen. »Also ich meine unten, im Tal ...«, und die Lehrerin wechselte das Thema und gab letzte Anweisungen zum Verlassen der Zivilschutzanlage.

Auf dem Heimweg lief die Lehrerin mit einer Gruppe Mädchen. Die Mädchen suchten mit ihr ins Gespräch zu kommen. Sie sprachen zaghaft und vorerst Unverbindliches. Dann aber brachte eines der Mädchen den Mut auf und sagte: »Das bleibt unter uns ... die blaue Erde, ja? – also nicht nur die Erde, wissen Sie, auch danach – wir haben das in der Klasse abgesprochen, wissen Sie ... und ... es war doch auch Ihr Fehler, nicht?« Die Lehrerin, mit gespielter Strenge und die innere Aufregung überdeckend, sagte: »Ja, natürlich.«

Am andern Tag begann man mit der Auswertung der Bodenproben. Es wurde zielstrebig und genau nach den Vorgaben der Lehrerin gearbeitet. Mit einfachen Mitteln wurden Schlamm und Erde auf bestimmte Eigenschaften hin untersucht. Neben kleinen Ästchen und Blätterteilchen kamen auch feste Gegenstände zum Vorschein, so unter anderem ein Stück eines Armbandes und ein Nagel. Eine Gruppe wollte in einem kleinen Knochen gar einen Teil eines menschlichen Fingers erkennen. Man traute dieser Einschätzung kaum, und die Lehrerin war anatomisch nicht bewandert genug, als dass sie hätte Klarheit schaffen können. Jedenfalls wurde der Knochensplitter aufbewahrt. Was aufgrund der chemischen Probe klar wurde: Der Säuregehalt des Schlammes war außerordentlich hoch. Die Kinder führten dies auf die Überdüngung der Ebene zurück, die sich über dem bewaldeten Tal befand. Die Lehrerin versprach, die Proben in einem chemischen Labor auf Schadstoffe hin untersuchen zu lassen. Ein ganz anderes Bild, was den Säuregehalt betraf, ergaben die Werte aus den Proben der blaugrünlichen Erde. Sie erwies sich als stark basisch. Die Kinder schlugen vor, die Proben auch auf das Alter hin untersuchen zu lassen. Sie dachten, dass diese seltsame Erde nicht bloß von einem anderen Ort, sondern vielleicht auch aus einer anderen Zeit stammen könnte als die zu einer Schlammmasse vermischten Erdschichten. »Irgendwie ist sie wie ein Fremdkörper«, bemerkte ein Mädchen, »es würde mich nicht erstaunen, wenn in ihr eine Prinzessin begraben läge.« Einige Knaben lachten.

Die Kinder aus anderen Klassen waren begierig zu wissen, was die Bodenproben ergeben hätten und wie die Expedition verlaufen sei. Die Kritiker unter den Lehrerkollegen verstummten einstweilen. Manche bewunderten die Lehrerin für ihren Mut und sie sprachen ihre Anerkennung aus. Im Dorf war die Expedition innert Kürze das bestimmende Gesprächsthema. Man lobte die Lehrerin, die für einmal wirklich lebensnahen Unterricht gestaltet, Risikobereitschaft gezeigt und den Mut zu Neuem bewiesen habe. Andere fanden das Ganze eine Spinnerei. Die Schulbehörde ihrerseits hatte von der Angelegenheit erfahren. Noch hielt sie mit Kritik zurück. In Pausengesprächen wurde vereinzelt schon von der Zivilschutzanlage gesprochen und den mysteriösen Vorgängen, die darin stattgefunden haben sollen. Der angebliche Fingerknochen aber war geeignet, die Zivilschutzanlage und alle weiteren Fragen in den Hintergrund zu drängen. Fürs Erste war er es, der die Köpfe besetzte und zu allerlei Geschichten anregte. Längst hatte sich der Knochenfund zum Leichenfund geweitet. Von der Klasse selbst aber mochte schon bald niemand mehr an einen Fingerknochen glauben. In der letzten Mittwochstunde beschloss man gemeinsam, sich an Gesprächen über die Expedition nicht mehr zu beteiligen und auf Fragen schon gar nicht erst einzutreten. Einige der Schülerinnen waren nachmittags auf dem Weg zur Schule vom Postbeamten und dem Dorfmetzger angesprochen worden. »Gehts heute wieder hinab?« und »Was bringt ihr heute rauf? Einen Schädel?« Dann lachten beide. Vor allem der Metzger.

Zwei Tage später hatte die Lehrerin die Ergebnisse. Sie betrat das Klassenzimmer und es schien, als wollte sie jeden Blickkontakt vermeiden. Ihre Hände umklammerten einen dünnen Stapel mit Blättern und mit diesem Stapel schritt sie zu ihrem Pult. Dort legte sie den Stapel vor sich ab und begann zu sprechen:

»Das sind die Ergebnisse«, sagte sie mit einer sonderbaren Stimme und ohne Begrüßung und die ganze Klasse schwieg allein schon deshalb, weil sie diese Stimme nicht kannte. Eine Spannung lag in der Luft, eine Spannung, die zur Hauptsache von der Fremdheit der Stimme herrührte und nicht so sehr von der Tatsache, dass die Lehrerin nicht weitersprach, sondern plötzlich in die Gesichter der Kinder schaute, als bräuchte sie eine Ermutigung. Dann, die Stimme wieder etwas vertrauter, fuhr sie endlich fort: »Ich werde euch das Wichtigste zusammenfassen und...«

Wieder stockte sie. Sie musste schlucken und schien nervös. Sie senkte den Kopf, schaute auf das Pult.

»Also zunächst..., die blaugrünliche Erde..., man wusste nicht genau..., entweder Produkt einer chemischen Ablagerung oder aber neu..., nicht bekannt bis jetzt!...«

Die Augen der Klasse waren alle auf die Lehrerin gerichtet. Ihre Hände zitterten. Sie versuchte ein Blatt zu ergreifen. Die Blätter aber lagen nicht mehr auf einem Stapel. Die zitternden Hände hatten den Stapel unwillentlich durcheinander gebracht.

So zog sie die Hand zurück. Sie versuchte fortzufahren:
»Also, das wurde an eine Universität geschickt, stellt euch vor..., das Interesse ist riesig...«
Dann blickte sie auf, lächelte flüchtig und sogleich kam Bewegung in die Klasse. Augenblicklich kippte die Stimmung, Wörter wurden laut: Super sei das, sensationell, wahnsinnig. Man beglückwünschte sich gegenseitig, man lobte sich und rief den Vornamen der Lehrerin im Chor. Der Lehrerin wurde es peinlich. Sie entschloss sich zur Fortsetzung, fasste sich, klopfte auf das Pult und sagte laut:
»Das ist noch nicht alles.«
Die Kinder beruhigten sich, die Augen richteten sich wieder nach vorne, die Neugier stieg. Die Lehrerin hatte vollends zu ihrer Stimme zurückgefunden und es kamen die Sätze nun mühelos.
»Der Schlamm war ziemlich stark verseucht, einerseits starke Ölrückstände, starker Chlorgehalt, andererseits hoher Gehalt an Schadstoffen. Man fand neben organischen Schadstoffen unter anderem Schwermetallrückstände, Tenside, Dioxine.«
Die Kinder schwiegen.
Die Lehrerin, sichtlich ernst nun, sprach weiter:
»Und dann ist da noch etwas... dieser Knochen... es handelt sich tatsächlich um den Fingerknochen eines Menschen...«
Zunächst war es still. Dann begannen die Kinder zu flüstern, dann wurden sie halblaut, und was zu hören war, waren keine ganzen Sätze, es war eine unvollständige Syntax, die den Kern des Gedachten zu umgehen schien. Die Lehrerin unterbrach die seltsame und verschwörerisch anmutende Aussprache der Kinder und fragte:
»Was ist los? Was denkt ihr? – ich möchte, dass es jemand klar und deutlich sagt.«
Und es war ein Junge, der sagte, was alle hätten sagen wollen:
»Wenn die Schlammmassen unbekannte Erdschichten hervor-

pressen, dann ..., ja dann könnten sie dies auch mit Leichen tun. Wir sollten nochmals hinunter.«

Die Lehrerin entgegnete:

»Was wollt ihr mit einer Leiche? ... ich meine, ist nicht die unbekannte Erdschicht oder vielmehr der Befund über den verseuchten Schlamm viel wichtiger ... versteht ihr?«

Nun war es ein Mädchen, das sich meldete:

»Sie haben recht, es ist wichtiger, aber wir können da nichts ändern. Der Menschenknochen hingegen ist spannend, da können wir irgendwie teilnehmen ...«

Die Lehrerin schaute nun sehr bestimmt in die Klasse. Sie wollte alle erreichen, alle Gesichter, und sie sagte:

»Um eines möchte ich euch bitten: Die Ergebnisse bleiben unter uns ..., ich denke, es ist wohl am besten, wenn wir uns das gegenseitig schwören. Ich meine, wirklich schwören, vor Gott schwören.«

Die Selbstverständlichkeit, mit der die Kinder diesem Schwur zustimmten, überraschte die Lehrerin. Eher hatte sie gedacht, dass einige einen Schwur lächerlich fänden. Vielleicht nicht den Schwur, aber sich selbst bei der Vorstellung, gemeinsam etwas zu schwören – und erst noch vor Gott. Dabei hatte Gott im bisherigen Unterricht der Lehrerin gar keine Rolle gespielt. Sie hatte das Wort Gott kaum je benutzt. Und nun sollten die Kinder vor Gott schwören! Eigentlich wusste die Lehrerin selbst nicht, wie und weshalb sie plötzlich auf Gott gekommen war.

Um den Kritikern keinen neuen Vorwand zu liefern, traf man sich am schulfreien Samstagnachmittag. Der Klasse gelang es, die neuerliche Expedition bis kurz vor Start geheim zu halten. Als man die Mädchen und die Knaben wieder in den Gummikleidern Richtung Kirche gehen sah, da wurde den Leuten im Dorf zwar augenblicklich klar, dass eine zweite Expedition soeben in Gang gekommen war. Aber natürlich war es bereits zu spät, um einzuschreiten. Einige Kinder aus dem Dorf, welche sich der Klasse angeschlossen hatten und bis zum Zivilschutzgebäude mitgekommen waren, wurden dort von der Lehrerin freundlich, aber streng zurückgewiesen. Der Abstieg war viel leichter als beim ersten Mal, denn drei Tage zuvor hatte der Regen geendet. Außerdem fielen die Temperaturen während der Nacht bereits deutlich unter den Gefrierpunkt, so dass die Erde an Härte gewonnen hatte. Unten im Talboden setzte die Suche ein. Ausgehend von der Stelle, an welcher die eine Gruppe vor vier Tagen den Fingerknochen gefunden zu haben glaubte, wurde nun der Schlamm untersucht. Die Verhärtung des Schlamms infolge der Kälte erwies sich bei der Suche als großes Hindernis. Schon bald brachen die Plastikschaufeln und die Kinder mühten sich in der Folge mit Ästen und anderen Holzstücken ab, stundenlang, mit wenig Erfolg. Trotz Handschuhen froren sie an den Händen. Enttäuschung machte sich breit. Bald schon musste man zurückkehren, der einbrechenden Dämmerung wegen. Dann ein Schrei. Eine Mädchengruppe abseits der Schlammmasse, die Suche schon aufgegeben, traf, es war reiner Zufall, auf ein Bein. Dieses Bein lag nicht auf dem Boden, es stand aus der Erde ab, aus blaugrünlicher Erde. Es war zwar von der Witterung schon gezeichnet, aber noch war Fleisch an diesem Bein, menschliches Fleisch, auch die Haut war stellenweise vorhanden. Die herbeigeeilte Klasse stand nun um dieses Bein herum, ratlos und aufgeschreckt.

Das ganze Tal verwandelte sich. Eine unendliche Abgeschiedenheit tat sich auf und zeichnete die weißen, erstarrten Kindergesichter. Und in das Entsetzen der Kinder traten die Mörder. Hinter zu Boden gerissenen Stämmen und hinter Erdanhäufungen bewegten sich schwarze Gestalten, und selbst die Lehrerin konnte sich den wahnhaften Einbildungen nicht entziehen. Dann plötzlich begannen die Kinder zu schreien, als wollten sie sich aus einer Lähmung befreien, und sie schrien die Lehrerin an und zerrten an ihrem Mantel: »Weg hier! Aus diesem Talboden weg!« Einige rannten kopfüber davon, wurden jedoch von anderen eingeholt und festgehalten. Die Lehrerin schrie nicht. Die Angst hatte ihr die Atemwege abgeklemmt. Sie sprach tonlos. Fremdgesteuert. Das Bein bleibe hier. Im Dorf würde sie die Polizei verständigen. Weiß war sie geworden, vollkommen weiß. Auch die Lippen waren weiß, auch die Augen. Aber sie hatte das Wort Polizei gefunden und dieses Wort löste augenblicklich eine Erleichterung aus, bei den meisten zumindest. In großer Eile stieg die Klasse aus dem Tal hoch. Oben auf der Ebene aber, zwischen Zivilschutzanlage und Friedhof, wurden die Kinder traurig. Sie merkten, dass sie etwas aus den Händen gegeben hatten, etwas, das niemals wiederkehren würde. Einige verstanden es als Niederlage: Sie hatten etwas nicht wahren können, etwas, das sie als Eigenes und nur der Klasse Eigenes hätten wahren müssen.

Die von der Lehrerin benachrichtigte Polizei durchsuchte bereits am anderen Sonntag den Talboden mit Hunden und technischen Geräten. Es fanden sich weitere Körperteile und bald schon lag, abgesehen von Kleinigkeiten, eine ganze Leiche vor. Eine zweite Leiche wurde bei fortgesetzter Suche vier Tage später gefunden. Sie lag, umgeben von blaugrünlicher Erde, knappe zwei Meter unter dem Schlamm und war noch kaum in Verwesung getreten. Es bedurfte allerdings größter Anstrengungen, den Leichnam aus der Erde zu schlagen. Beim Versuch, die blaugrünliche, mit kleinsten Steinen durchsetzte Erde vom Leichnam abzutrennen, drohte dieser mehrmals zu zerreißen.

II. Knabentod

HINFÜHRUNG

Ein Wanderweg, ein Sommertag. Wiese links, Wiese rechts. Eine lang gezogene Fläche ist diese Wiese, über die es ihn treibt. Er gleitet. Es ist ein unendliches Gleiten an diesem Sommertag, so scheint es Leer, und weiter links der Wald, der steigt, das ist gut, es ist die gute Seite, es ist ein stilles Fest, dieser Wald, ein frischer Morgen, Neugeburt, und weiter rechts der Wald, der fällt, Leers Blick ängstlich, denn da unten ruhen die Leichen der Knaben, verscharrt in Erde, unter Stein und Geröll, und sie stinken, die Leichen, oder es ist Leers Wahn, der stinkt und ihn verrät, so glaubt er, und er redet viel, treibt den Gestank mit Worten zurück, hält ihn an der Grenze auf, hindert ihn am Übertritt auf den Weg, verscheucht ihn, wo er kann, damit die Gesellschaft nichts merkt, die Gesellschaft der vielen Kinder und Menschen, die mit ihm gehen. Und so hoch ist der Tag und der Himmel, dass selbst Leer die Augen schließt und sich im Glück wähnt, manchmal, und der furchtbare Tod der Knaben bleibt bestehen, auch wenn Leer nicht genau weiß, wo sie liegen, diese Leichen; sie liegen im ganzen Tal, und der Mord zieht sich tief da unten durch die feuchten, morschen Wälder und steigt mit seinem Gestank hoch, und Leer geht mit den anderen auf dem Weg voran, zwischen den lieblichen Wiesen, das Verbrechen weit unten und immer auf derselben Höhe. Und er führt seine Freunde, bis zur nächsten Anhöhe führt er sie, wo sich die Ebene aufs Neue weitet, unendlich, der gute

Wald rechts, das Unheil links, und bloß eine hohle Geste ist sein Gehen, sein Scherzen hoch über den Leichen, *für Augenblicke sitzt du im Flugzeug und der Weg saugt es ein und weg unter dir; ganz wohlig wird dir, das Tempo erregt, schon kribbeln die Hoden, schon türmt sich das Glied; im Flugzeug scheinst du sicher vor Leichen* eine hohle Geste hoch über den Leichen, die langsam verwesen, langsam, viel zu langsam, Leer ahnt es. Und dann kommt ein Wäldchen, es wird gerastet, aus den Rucksäcken wird Verpflegung genommen, auf Holzstümpfen sitzen die Kinder, die Erwachsenen stehen am Rand des Waldes, wie kühl ist es hier!, wie angenehm!, ein letzter Ort der Kindheit, bevor es weitergeht über Wiesen hin und weiter. Die Gespräche ohne Bedeutung, ohne Last und Ziel, über Schuhe und Rucksäcke und Nahrung, über alles, was praktisch ist, und die kleinen Stimmen fliegen herbei aus den frühen Jahren, aus den Jahren, als es galt, Hausaufgaben zu lösen, Sprachblätter, Rechnungen, Zeichnungen, dann das Spiel auf der Straße, das Spiel als zwölfjähriger Junge, schön und schüchtern, und Mädchen,
Mädchen haben mit zwölf viel mehr Haare zwischen den Beinen als Knaben, in der Regel
zumindest die Wangen so weich, die Augen so klar, und dann – Leer weiß nicht wie – geht es weiter, ja bereits findet er sich wieder auf dem Wanderweg zwischen den Wiesen und zwischen dem guten und dem bösen Wald, nun zusehends von einzelnen Bäumen beschattet, die zwei, drei Meter in die Wiese greifen, aus dem bösen Wald hervortretend, gegen den Wanderweg mehr und mehr sich vorschiebend, Apfelbäume, dahinter Buchen, die Stämme dick. Die Wiese hoch nun, höher als zu Beginn des Tages – und nun wandert Leer nicht mehr eigentlich, er *sieht* sich wandern, vielmehr dies, sieht sich selbst in die zweite Hälfte des Tages hi-

nauswandern, und hundert Meter neben ihm fällt der Wald hinab zu den Knabenleichen, die ihm folgen wie Schatten dem Licht.

Längst ist die Nacht keine Nacht mehr für Leer. Längst ist Leers Nacht dunkler als alle Nächte zusammen und dunkler als der Schlaf. Längst hat sich die Nacht gottwärts gewendet und es wird gekämpft in Leers Finsternis, und die Zeit des Schlafes ist vergessen gegangen vor zwei Jahren und vielen weiteren Jahren, und Leer sitzt aufrecht im Bett und weint. Wir sehen nun eine Wandergruppe, wie sie sich in die Länge zieht, auseinander fällt. Wir sehen kleine Grüppchen sich bewegen, bekannte Gesichter, schrecklich bekannte Gesichter, alles Freunde Leers,
es ist Ausflug heute, morgen ist Arbeit; und der Ausflug heute und der Weg zum Verbrechen fallen zusammen; und da, wo das zusammenfällt, ist ein Wanderweg, eine Kindheit, es ist ein langes Band Wiese, zwischen gutem Wald links und bösem Wald rechts hinunter und abwärts – die toten Knaben im Tal, im feuchten Grund geben dem Ausflug den Geruch von Sonntag, immer von Sonntag
und ohne Knaben würde Leer nichts riechen, und er allein riecht, er allein verrät sich, weil er glaubt, dass es rieche, aber es riecht nicht, es riecht nichts, wir sehen aber, wie Leer wittert, ständig wittert, und einzelne Grüppchen sind weit zurück, bloße schwarze Schatten in der Sonne, und alle gehen sie auf den Punkt zu, wo die Erde abfällt. Noch sprechen sie unbeschwert, scheinbar, aber ein wenig flüstern sie, so scheint es, und hinter vorgehaltener Hand dreht der Wind und die Richtung und dann geht es abwärts, eine endlose Rolltreppe nach unten, links und rechts dürres Gras, zahnlose Bergbauern, gestützt auf Heugabeln und Rost, starren die Gestalten an, die an ihnen vorbei in die Tiefe ziehen, und wir sehen: Sommerlicht bis tief hinab; teils scheint die Rolltreppe gedeckt,

ein Regendach, weiß, durchsichtig beinahe, Ferienstimmung, möchte man glauben, und einige Gestalten kommen entgegen, sie steigen die steilen Stufen an, Leer sieht sie kommen, während er in die Tiefe rollt, und er rätselt, wer es wohl sein könnte, und wundert sich auch, dass es kleine, steinige Stufen sind, auf welchen sie entgegenkommen, wo er doch auf einer Rolltreppe steht, wahllos hinunter – andere können wenden, offenbar.

Immer wieder überschreitet Leer den Punkt, wo die Treppe zu rollen beginnt, endlos nach unten. Immer wieder steigt er ein, ein letztes kleines Hochgefühl, Bodenwelle, Druck in den Hoden, und dann abwärts, die metallenen Stufen vermehren sich vor ihm und lösen sich auf, Kilometer entfernt vor ihm, und da hinab rollt er, in Begleitung – sonderbar, all seine Freunde aus früheren Zeiten, sie steigen zu, rollen hinab, ganze Familien, Freundesgruppen, ein Ausflug, ein Ereignis, ein Sommertag. Hinaufsteigende grüßen ihn. Sie lachen fröhlich. Sie lassen sich nichts anmerken. Sie singen Lieder. Lieder aus der Gruft. Und dann springt er ab und hastet die steilen Stufen hinauf, duckt sich verstohlen an den Bergbauern vorbei, die nur dastehen, an ihren Pfeifen saugen und mit den Augen kneifen (ein Hohn, denn sie erinnern sich an die Nacht und die zwei nackten Knabenkörper – Leer weiß, dass sie sich erinnern, sehr genau erinnern) und oben steigt Leer wieder auf die Rolltreppe, und es wiederholt sich das Spiel und der Wald rauscht und trägt den Gestank aus der Stille hoch, den süßlichen Knabengestank, und die Eltern lachen mit Freunden und rollen in Entfernung vor Leer her, der Jurist an ihrer Seite... *kennen uns aus der Studienzeit... schon Jahre her, Ferrer, schon Jahre.* Weitere Gestalten nahen und entschwinden, es sind alle auf der Treppe, die nach unten führt, Mädchen mit blauen Röcken hüpfen, Mütter geben Nahrung aus, Väter sagen Dinge und tragen ein Wanderhemd.

Aber einmal steht Leer auf der Rolltreppe und es wird endgültig sein. Es wird nach unten gehen. Nurmehr nach unten. Der Sommer wird dunkel, die Sonne stirbt ab, der Wald beginnt. Es wird feucht, sehr feucht.

Leer sitzt nachts im Bett und schwitzt. Es sind die Erinnerungen, die sein Leben wahr machen. Es sind alles schreckliche Erinnerungen an Dinge, die nie geschehen sind. Er schwitzt den Schweiß aus vergangenen Zeiten aus. Aus Zeiten, als er getötet hat und gemordet und als er sich auf Äckern bewegte und sich in die Erde einwühlte, aus Zeiten, als er noch eine Mutter hatte.

Die Bewegung ist im Gange. Eine Ahnung kommt auf, dass alles unweigerlich wird, dass kein Schutz mehr ist. Leer springt ab vom Pfad, eine kleine Böschung hinunter springt er, am Rande einer Lichtung verharrt er, sein Herz pulst. Dann hört er Schritte im Laub, der Wald ist herbstlich, Leer kennt ihn, er hört Stimmen, er weiß, dass die Knaben den Weg weisen, die toten Knaben, den Weg zu ihren Leichen. Er sieht den Vater vorangehen, den Dorforganisten von Glonville, hinter ihm Männer von der Polizei aus Meuselle-Gorthe, von der Feuerwehr der umliegenden Gemeinden, von der Staatsanwaltschaft. Er sieht den elsässischen Juristen durch die Äste des Dickichts, er sieht die Nase der Gerechtigkeit, und dann sind sie so nahe, dass er nichts mehr sieht, allein noch ihre Füße sieht Leer. Hunde bellen, wittern den Gestank der Leichen, aber die Füße ziehen vorbei, vorbei an Leer. Ihn verfehlt, denkt Leer, ihn nicht entdeckt. Eine letzte Chance: Vor den andern am Grund sein, die Leichen retten.

Aus den Bergen ist Leer gebrochen, aus Gebirg und Stein. In ein enges Tal ist er gebrochen, eine Schlucht, geschnitten in senkrechte

Wände, Fels, tiefes Wasser. Und da wartet eingeklemmt im braunen Fels ein Riesenschiff, ein Dampfer, viel zu groß, viel zu breit für diese enge Schlucht, und Leer staunt, dass dies möglich ist, dieses Schiff in dieser Schlucht, und er besteigt es, mit seinen Freunden, seinen Feinden, Reporter zuhauf. Die alten Sätze sind anwesend, ein Lachen im Frühling, ein Lachen über Grilliertem, ein kleines Japsen der Mutter, ein fröhliches Kreischen der Nachbarn, ein Kreischen zwischen Einfamilienhäusern, ein Glück und ein Segen, und kalt ist es auf dem Schiff, ein eisiger Nordwind, der Himmel blau, und langsam sticht das Schiff durch die Schlucht, es kommt voran, zuweilen muss es gehievt werden, Krane warten, Riesenmaschinen befestigt im Stein. Sie heben den Dampfer in die Höhe, sie heben ihn über Engen und lassen ihn wieder ins Wasser, ins tiefe Wasser, und Leer weiß, dass dieses Wasser mehrere tausend Meter in die Tiefe reicht, er weiß, dass auf seinem Grund die Leichen liegen, verpackt in Tresoren, eingebettet in Meeresgestein, in Spalten und Vertiefungen, er weiß, dass da die Rollen liegen, die Schrift, und er weiß, dass diese Fahrt ein Anfang ist, ein schrecklicher Anfang, zu welchem die alten Sätze noch das Geleit geben. Und die Mutter hat ein schönes Kleid an, ein Jugendkleid, ihre Lippen sprudeln Liebe aus, ihre Zähne kauen Fleisch, sie mahnt den Vater, wenn er überspannt, den Bogen, den Humor, wenn er spricht vor Gesellschaft, wenn er angibt und übertreibt. Die Reporter aber schleichen bereits auf dem Deck umher, äugen seltsam über die schmale Wasserfläche zwischen Schiff und Felswänden, sie ahnen etwas, denkt Leer, sie kennen den Zweck der Fahrt. Nochmals aber kommen die Freunde aus dem großen Saal, sie scherzen und binden Leer ein, sie singen Lieder, die Haussmanns mit ihren fünf hässlichen Kindern, die Craehemeuls, die Grafs mit der frühreifen Janine, all die guten Gesichter auch, die nie an Sex denken, nie an Sex. Und die Freunde schwärmen von der Mutter, vom Vater, von der Gesellschaft, und das Schiff frisst sich weiter durch die Schlucht und Leer sieht sich ertappt (grundlos), lacht mit, spricht da ein Wort, dort eines, er spricht die Wörter so, wie man es kennt von ihm, ein seltsamer ist er, ein Kauz, man hat ihn gern, und langsam bloß gleitet das Schiff aufs offene Meer.

Im heißen Juli des Jahres 1992, als im deutsch-französisch-schweizerischen Grenzgebiet Temperaturen bis zu 37 Grad Celsius im Schatten vorherrschten, verschwanden aus dem elsässischen Glonville zwei Knaben spurlos. Niemals mehr wurden sie lebend gefunden. Und das wird so bleiben. Es wurde die Mutter verdächtigt – zusammen mit einer Gestalt namens Leer. Leer sitzt deswegen aufrecht im Bett und schwitzt. Woran erinnert er sich? Was sieht er?

VERGANGENHEIT

Die Gegend ist hoch. Die Sonne steil. Gebirge, Schneefelder, Eiswasser, ein Volvo am Rande eines Gletschers. Es ist Sonntag. Der Volvo (weiß) steht an einer Verzweigung dreier Pfade. Wer fährt ihn? Wer überlegt für Augenblicke einen nächsten Schritt? Es bleibt eine Ahnung: Der hat was im Kofferraum! In Abfallsäcke verpackt! Der Volvo scheint führerlos. Leer fährt an ihm vorbei, langsam. Dann biegt er in den noch steileren Gebirgspfad ein, schlägt in Löcher, spult, der Pfad ist eng. Leer kommt kaum weiter, links große Felsen, rechts ebenso, dann über eine Kuppe, dahinter ein Bergsee, ein Gletschersee, klares Wasser, Leer hält an, steigt aus. Auch er hat etwas auszuwerfen. Müssen wir annehmen. Oder kontrolliert er nur, ob da dieser See noch ist? Und mit ihm das Geheimnis? Oder sondiert er? Für Kommendes, für Späteres?

Dann steigt er wieder ein. Kein Platz zum Wenden. Er muss den Pfad rückwärts hinunter. Sein Auto rutscht langsam ab, und schon steht unten an der Verzweigung ein nächstes Auto, das offenbar darauf wartet, dass der Pfad frei wird. Leer mit seinem Auto gelangt an die Verzweigung, rollt noch ein paar Meter rückwärts, beobachtet dann, wie dieses nächste Auto (ein Renault Clio) den Pfad hinaufspult, wie es hinter der Kuppe verschwindet. Der Volvo steht noch immer da, links erstreckt sich der Gletscher entlang einer Steilwand, die sich bis zum Piz Balu erhebt, rechts führt das schmale, ungeteerte Sträßchen ins Tal. Auf einem Wegweiser für Wanderer steht: Ornohütte 2570 m.ü.M., 1. Std. 40 Min. Leer hat das Fenster seines Wagens geöffnet. Er hört Lärm von weitem. Dann taucht ein Lastwagen auf. Unzählige Müllsäcke lagern auf ihm. Eine Entsorgungsstelle also, denkt Leer, denken wir. Der Lastwagen gewinnt gegen die Verzweigung hin, da, wo das Gelände vorübergehend etwas flacher wird, an Tempo. Er donnert ungebremst auf die Verzweigung zu. Leer startet sein Auto. Er spult, kommt nicht vom Fleck. Der Lastwagen donnert am weißen Volvo vorbei, dreht ab, frisst sich den Pfad hinauf zum Gletschersee, verschwindet hinter der Kuppe. Steine lösen sich, Geröll rollt unter dem Volvo weg, der Volvo verliert an Stand, rutscht ab, fällt von Stein zu Stein, prallt auf, rutscht weiter, fällt, stürzt hinunter, gute fünfzig Meter hinunter und verschwindet in einer Öffnung des Gletschers. Leer, mit seinem Auto keine zwei Meter von der Stelle entfernt, wo die Erde zu rutschen begann, erreicht festen Boden, die Räder greifen, er fährt ins Tal zurück. Den Kofferraum hat er nicht geöffnet. Wer transportiert was im Kofferraum? Wer versucht was zu vertuschen? Wer sollte getäuscht werden? Das waren die Fragen der polizeilichen Ermittlungen, die ein gutes Jahr nach dieser Begebenheit in den Bergen einsetzten. Beim Verhör gab Leer zu Protokoll, an jenem Sonntag mit der Absicht in die

Berge gefahren zu sein, die Ornohütte zu besuchen. Der aufkommende Verkehr an jenem Punkt, den er zum Ausgangspunkt seiner Wanderung machen wollte, hätte ihn aber von seinem Vorhaben abkommen lassen. Leer wurde nicht weiter belangt.

Herr, lass den Schlaf zurückkehren in die dunklen Nächte Leers. Herr, töte den Schrecken mit deiner Güte, den Schrecken, der aus jeder Nacht hervorgeht und der sodann, aus der Nacht hervorgehend, in Leer eindringt, in Leer, der aufrecht im Bett sitzt und lautlos und mit hängenden Armen weint, nachdem er mit Fäusten auf seinen Kopf und seine Erinnerung eingeschlagen hat. Herr, führe die Ruhe zurück zu Leer, zeig ihm deine Güte und gib ihm den Schlaf, endlich wieder den Schlaf nach Jahrtausenden, und all den kranken Nachbarn auch, die ihre Zelte in Leers Kopf aufgeschlagen haben und seit Jahren in diesem Kopf umherziehen, mongolischen Nomaden gleich.

DIE FAHRT ZUM GERICHT

Aus einem roten Herbstwald hinaus fährt Leer mit seinem weißen Auto. Er fährt zum Gericht. Das Gericht leuchtet ihm von weitem aus der städtischen Dämmerung entgegen. Es sendet Leer Zeichen, Zeichen des Heils. Die Straße wird breit. Die Mittellinie sauber. Leer fährt mit dem weißen Volvo. Er fährt rund und breit und die Kurven aus. Es ist früher Abend. Lichter, weiter unten, künden die Zivilisation an. Einfamilienhäuser erstrecken sich über sanfte Hügel. Zunächst aber, auf rechter Seite, da steht eine kleine Kirche, verfallen, ein exotisches Relikt, dürres Gestrüpp an den Mauern. Daran anschließend ein kleines Wäldchen, kleine, vorzeitig abgestorbene Tännchen, die Kronen noch dicht mit Nadeln besetzt, darunter kahl, dürres Geäst. Lichter Waldboden, kaum Pflanzen, der Boden verseucht, vereinzelt Benzinpfützen, darin das ferne Licht des Abendrots, Giftsäfte, Chemie. Ein Wäldchen für Morde vielleicht, für Leichen. Zwischen Kirche und Wäldchen eine wilde Kehrichtdeponie, Säcke, Flaschen, vereinzelt Möbelstücke, einiges überwachsen. Eine alte Ortstafel, verrostet, liegt am eingeschlagenen Portal der Kirche. Leer weiß, dass er nun in die Welt eindringt. Er kennt die Ordnung, die Briefkästen, die Hauseingänge, die Sitzplätze. Er kennt die Fußgängerstreifen, die Lichtsignale, die genau markierten Bushaltestellen und die großzügige Straßenbeleuchtung. Er kennt die Musik, die nun gespielt wird in den Stuben, er kennt die Fernsehprogramme, die Abendruhe, die Gemeinschaft. Er kennt die Familien, die Haussmanns, die Craehemeuls, die Mütter, die Väter, die Söhne, die Töchter. Er kennt seine Mutter. Er hört ihre Stimme. Und er weiß: Das ist erst der Beginn. Weiter unten im Tal, da steht das Gericht. Da tragen die Juristen ihre Krawatten aus. Und das Gericht erwartet ihn. Er müsste nun bremsen. Er müsste sich diesem Wäldchen übergeben, den Benzinpfützen, dem vermodernden Abfall, der Kirche, da gehört er hin. Er müsste nach Leichen suchen, nach Massengräbern, er müsste aus seinem weißen Volvo steigen und mit der Taschenlampe nach Körperteilen suchen, nach abgehackten Händen, nach verwesenden Knabenkörpern, nach geschundener Mädchenscham. Er müsste endlich nach sich selbst suchen. Nach seiner Leiche, seinen Wünschen. Er wird vor Gericht erscheinen.

Leer sieht sich tauchen. Und neben ihm tauchen andere, Journalisten, Rechtsanwälte, Kriminalbeamte und alle Freunde aus früheren Zeiten. Es jagen alle durch die Wasser hinab in die Tiefen, wo die Leichen sind. Leer sieht sich in blauem Wasser zwischen grünen Pflanzen und dem buntfarbigen Gestein des Meeresbodens.

Er sieht verschwommen die Gestalten, die mit ihm kämpfen, denn es ist ein Kampf hier unten, viele tausend Meter in Meerestiefe und in vollkommener Stille. Er sieht sich in tiefe Risse hinabtauchen, die den Meeresgrund noch einmal nach unten öffnen, und er muss hinab, noch weiter hinab, er muss zuunterst sein, er muss den Grund finden und die Knaben retten, die da unten liegen in den Behältern und ihn verraten. Er muss die Schriftrollen retten, auf welchen die Wahrheit steht, er muss diese Schriftrollen vor den Wassern retten und den hinabtauchenden Freunden, denn sie dürfen die Rollen nicht finden und nicht die Knaben, denn die Knaben werden ihn in den Tod hineinreden und die Welt ungeschehen machen – und wenn der Tresor geöffnet wird, werden die Wasser in die Knaben strömen und die Knaben, von Wasser ergriffen, werden die Welt zerstören, und es dürfen die Schriftrollen nicht nass werden, er muss diese Schriftrollen vor den Wassern retten, er muss gegen die Journalisten gewinnen, die mit modernsten Geräten tauchen. Und in einer allertiefsten Schicht befindet sich in einem Behälter aus Ton, der aus der Achämenidenzeit stammen könnte, Kerian oder die Schrift – es kann das nicht entschieden werden, es sitzt der nackte, weiße Knabe im Behälter mit schlafenden Augen, und wenn der Behälter geöffnet wird, so füllt sich der Knabe auf und die Blätter der Schrift verteilen sich im Meer und sind verloren für alle Zeiten.

Leer sitzt nachts im Bett, es ist das Jahr 1997. Er schwitzt ungeheuerlich und ruft Gott an, immer wieder Gott, er möge kommen und ihn befreien, und es kommt nicht Gott, es kommt ein Skelett. Er sieht den Waldboden. Es liegen da die feuchten Blätter des Herbstes und zerfetzte, feuchte Zeitungen. Sie mischen sich und Leer erkennt zwischen den morschen Herbstblättern im trüben Licht (es dunkelt bereits) die Schlagzeilen: VERSCHWUN-

DENE KNABEN TOT AUFGEFUNDEN und TOTE KNABEN IN TIEFEM WALDBODEN und anderes mehr. Die Zeitungen tragen ein Datum aus früheren Zeiten. Aber Ferrer, sein Freund, geht neben Leer und sagt: Jetzt ist alles aus! Neben Leer und Ferrer gehen Gestalten einher, Väter und Mütter, Staatsanwälte – sie alle steigen aus dem tiefen Waldesgrund wieder hinauf, nachdem sie die Knaben entdeckt haben. Leer in ihrer Mitte, ihr Gefangener, Entschuldigungen murmelnd, innere Flüche, nass auf der Stirn. Und oben gelangt die Menge zu einem Feuer. Das Feuer steht an einem Abhang und es ist Nacht. Väter und Mütter stehen um das Feuer herum und Leer steht auch da und er wirft den toten Kerian und den toten Spal ins Feuer und so will er die Toten zum Schweigen bringen – aber da geschieht das Ungeheuerliche: Vom toten Spal nehmen die Flammen alles Fleisch und er scheint schon zerfallen, er sinkt schon ein in Asche und Glut, da plötzlich ändert sich die Bewegung und das ausgebrannte Skelett sammelt seine Kräfte und steht auf. Es kreist langsam und hebt sich aus den Flammen hoch und dann hat es die Sprache wieder. Es spricht ganz tief und streckt seine weißen Knochen aus und zeigt auf Leer. Spal spricht. Leer fällt und es ist ein Schrei in ihm, vollkommen still, ein Schrei, der den Weg findet und in Leers Abgrund fällt und weit unten zerschmettert, weit, weit unten. Spal spricht ihn schuldig vor aller Welt. Und im Augenblick, in welchem das Skelett spricht, in diesem Augenblick ist in Leer alles endgültig geworden.

GERICHT

Wochen später und bereits da, wo die Straßen einen schönen Mittelstreifen haben und wo es Computerfirmen gibt und Versicherungskomplexe, da wo die Straßen geschmückt sind für den Weihnachtseinkauf, an diesem Ort erfolgt der Freispruch, den niemand erwartet hat – und wir sehen Leer Interviews geben. Er wirkt gelöst und spricht in allen Sprachen. Eine Gerechtigkeit ist entstanden, eine Gerechtigkeit, die er selbst nicht versteht.

III. Biografien und Orte

Zwei Knaben wurden entführt und ermordet (lange lange her). Die Mutter und ein Lehrer werden verdächtigt, an der Entführung, womöglich auch am Mord beteiligt gewesen zu sein (auch lange her, diese Verdächtigung). Sexuelle Hintergründe werden vermutet. Lehr sieht sich einer Verwechslung gegenüber. Seinen beiden besten Freunden, dem Schriftsteller Ferrer, einem Elsässer, und der Verhaltenspsychologin Bandler, sagt er von früh bis spät: *Freunde, ich werde verwechselt.*

Es gibt schätzungsweise 450 Millionen Lehrer (und etwa 450 Millionen Lehrerinnen) auf der Welt. Mit einigen von ihnen, zumindest aber mit einem bestimmten muss der Lehrer, so glaubt er, verwechselt werden. Denn er sagt, er habe die Knaben nicht umgebracht, nicht entführt, nicht ausgebeutet. Er habe ihre Mutter nie gekannt, er hätte am liebsten niemals eine Mutter gekannt, er sei von allen Müttern weggeflohen, er sei ein verlassener Mann. *Nur euch, Bandler, Ferrer, nur euch hab ich,* sagt er. Er reißt ein Fenster auf und schreit: *Ich wurde verwechselt, ich werde verwechselt, ich werde verwechselt werden.*

Die Neuüberbauung steht am südlichen Stadtrand von Metz. Sie steht auf alten Fabrikhallen und Industrien, die bereits im Übergang vom vorletzten ins letzte Jahrhundert zu großen Teilen zerfallen sind. Sie steht auf plattgewalzten Arbeitskämpfen und plattgewalzten Entlassungen und Schändungen und Grobheiten und plattgewalzten Träumen und Tränenwüsten. Es ist später

Sonntag. Es ist Nachmittag. Es ist tote Zeit. Lehr sitzt hinter Mauern. Moderne Mauern, der Boden aus Marmor. Viel Chrom, viel Stahl, die Küche in Topdesign und mit Geschirrspüler. Aber düster. Ein trüber Tag. Kein Himmel. Da wohnt jetzt also Lehr. Da soll ihn niemand kennen, niemand finden. Er wohnt da gemeinsam mit Bandler und Ferrer. Bandler arbeitet als Assistentin an der Uniklinik in Mellenborn. Nebenbei betreut sie missbrauchte Kinder in der Kinderklinik von Metz. Ferrer hat für kurze Zeit als Lektor eines internen Magazins in der Computerbranche gearbeitet. Da hat er Rechtschreibung und Kohärenz überwacht. Jetzt schreibt er kurze Romane. Die beiden sind mitgezogen. An den Rand. Aus Freundschaft zu Lehr.

Bandler, Ferrer und Lehr sind Freunde.

Niemand kennt die Adresse. Nachbarn sind unbekannt. Bandler und Ferrer bewachen das Haus. Zumindest scheint das so. Schützen Lehr und sein Verbrechen. Und schon ist das Unheil unterwegs, schon nahen die Gestalten. Und dann taucht der Jurist auf, der Jurist mit der langen Nase, dem grauen Jäcklein und den bedächtigen Schritten. Der Jurist ist oben ein Brett, wenn sich die Beine unten bewegen. Er ragt vertikal in den grauen Sonntagnachmittagshimmel hinauf, wenn er die Treppen hinansteigt. Lehr schreit innerlich: *Der Jurist!* Er sieht ihn durchs Fenster und bückt sich, weil noch keine Vorhänge sind (es werden da nie Vorhänge sein). Der Jurist – und in seinem Schlepptau die Eltern! Und die drei gehen nicht, wie gewöhnliche Menschen gehen, sie gehen lautlos, sie schleichen staatsrechtlich in der Neuüberbauung umher. Und mit jedem Schritt scheint auch das Verbrechen aus der tiefen Gruft zu steigen, mit jedem Schritt scheinen die Leichen lebendig zu werden, mit jedem Schritt scheint der Tod aufzuschrecken und Sprache zu finden. Und jetzt müssen sie vor der Haustür sein, und wenn geöffnet wird, werden Schüsse fallen. *Geh du hin,* bittet Lehr gebückt hinter dem Fenster, bittet er Ferrer. *Du kennst den Juristen, die Nase, du kennst die Eltern, geh du hin, fange sie ab,* und Lehr weiß, dass alles sinnlos geworden ist, und bloß kann er hoffen, dass die Leichen schweigen, dass es kein Hingelangen gibt, hinab in die Gruft, und Ferrers Gesicht sagt alles, sagt, *nun wirds schwer, sehr schwer für dich, Lehr,* und noch immer geht keine Klingel, noch immer schweigt das Unheil. Und Ferrer, der Freund, er geht jetzt hin, öffnet die Tür. Stimmengewirr. Freundlichkeiten. Der Jurist spielt den Überraschten, sagt, *du, Ferrer?!, was für eine Überraschung,* sagt, *lange her, die Studienzeit, jaja, die Studienzeit,* sagt, *zufällig hier,* und die Eltern stehen in Entfernung, nicken Ferrer zu, als wäre nun alles entschieden. Die Mutter der Knaben lacht unbeschwert, lacht in den grauen Sonntag hinein, der Vater ist höflich, sagt, *schon gehört von Ihnen, Ferrer – aber,* sagt dann der Jurist, *wir sind ja nur zufällig da, weißt du, nur zufällig, gar nicht gewusst, dass ihr jetzt da wohnt,* sagt er und der Rechtsstaat lacht aus ihm heraus, trocken und leblos, und schon kann Lehr durchs Fenster sehen, wie der Jurist die Treppe zum benachbarten Reihenhaus hinaufsteigt, wie er die beiden Gestalten mit sich zieht, wie sie alle drei so grau sind wie der Sonntag und bald zu Nebel werden, und wie sie noch unschlüssig vor einer weiteren Tür stehen, unwirklich und seelenlos, wie sie da beraten, und Lehr weiß, dass da niemand wohnt! Er schreit, *lachhaft, dieser Täuschungsversuch, lachhaft!,* und die Panik bricht aus ihm in den grauen Sonntag ein. Er reißt ein Fenster auf und schreit: *Ich wurde verwechselt, ich werde verwechselt, ich werde verwechselt werden.* Den Himmel gibt es nicht. Die Geschäfte sind geschlossen.

Bandler und Ferrer decken Lehr.

Kaum sind die Gestalten verschwunden, da wird der neue Reinigungsplan erstellt. Jede dritte Woche ist Lehr dran. Dazwischen Bandler und Ferrer. Die Beratung über die neue Putzordnung findet in der weißen Küche statt, die noch leer ist. Lehr starrt die Fliesen an. Er sagt, *gut, jede dritte Woche*. Die Fliesen aber sagen ihm etwas anderes. Sie überzeugen ihn in seiner Haltung. Er wird sehr darauf achten, nichts falsch zu machen. Er wird niemals Geschirr herumstehen lassen. Er wird seine Post (wer schreibt ihm?) immer rechtzeitig vom Tisch räumen. Er wird keine Blumensträuße in die Küche stellen. Aber er wird der Täter sein. Das sagen die weißen Fliesen. *Oh lassen wir die Küche doch immer leer, Bandler, Ferrer, oh lassen wir doch alles rein, Bandler, Ferrer... können wir denn nicht alles sein lassen, rein, ich mein,... was brauchen wir denn einzurichten, wir könnten den Reinigungsplan trotzdem einhalten, keine Frage. Aber die Küche sollte leer bleiben. Es sollten keine Möbel in die Wohnstube, versteht ihr? Keine Möbel nirgendwohin, dann wird man mir kein Verbrechen nachweisen können, versteht ihr?* Aber Lehr sagt nichts. Im Stillen spricht er bereits mit den unzähligen Weingläsern, die Bandler und Ferrer schon bald in der Küche herumstehen lassen werden. Er wird diese Gläser anklagen, aber diese Anklage wird eine Verteidigung sein, eine Verteidigung seiner Anklage, er wird sich immer dafür verteidigen, dass er anklagt, er wird sich sodann entschuldigen, bei diesen gebrauchten Weingläsern, für seine Anklage, dafür, dass er falsch verstanden wird, und er wird sich, halblaut, mit schweren Silben trösten, für Außenstehende ein Gemurmel; er wird sich bei den Fliesen im Namen der Weingläser entschuldigen und er wird dabei seinen eigenen Namen, indem er ihn reinwäscht, in den Schmutz ziehen. *Seht ihr das denn nicht!*, will Lehr schreien, *umwälzen, plattwalzen,* aber Bandler macht große Augen, denkt, *Männerwelten, große Träume.* Ferrer erzählt von den Bergen. Lehr weiß: Er hat sich kleinlich verhalten, sich zum Vertreter der Fliesen gemacht. Der ganzen Fliesenindustrie. Er hat sich über Arbeitszeiten vernehmen lassen. Er hat sich für, dabei aber bereits gegen Arbeitszeiten ausgesprochen. Er hat Längen und Kürzen aufgegriffen und diese sodann verwechselt. Er hat sich schließlich gegen alle Zeiten ausgesprochen und sich mit diesem Ausspruch in die Zeiten verrannt und die Zeiten und alles um ihn herum durch dieses Hineinverrennen bestätigt. *Aber der Jurist*, brüllt Lehr dann, *der Jurist, Herrgott!*, und Bandler und Ferrer nicken: *Der Jurist*. Sie sind sich einig. Der Plan steht. Sie werden nur kurze Zeit hier wohnen.

Was bringt Ferrer, ehemaliger Lektor eines firmeninternen Informationsmagazins und Sohn eines Metzgers, dazu, einen Kindermörder zu decken? Was bringt die Verhaltenstherapeutin Bandler, die im Kinderspital missbrauchte Kinder betreut, dazu, einen Kindermörder zu decken? Oder sind sie von einer Verwechslung überzeugt? Wissen sie von einer Unschuld?

Am Abend ist es immer noch leer in der Wohnung. Bandler liegt über einen Sims gestreckt. September ist es und kalt. Ferrer trägt einen wollenen Pullover. Gegessen wird nichts. Herbalife-Dosen stehen auf dem weißen Tisch in der Küche. Ferrer läuft auf den grünen Marmorplatten Kreise. Bandler, über den Sims gestreckt, liest ein Buch über Depressionen. Da schrillt das Telefon. Zum ersten Mal schrillt das Telefon am neuen Ort. Niemand kennt die Nummer. Es gibt noch gar keine Nummer. Aber das Telefon schrillt und schrillt. Lehr steht am Fenster und starrt in die Nacht. Bandler, über den Sims gestreckt, fragt, ob niemand abheben wolle. Lehr wendet sich gegen den Raum und schreit, *nein! Es ist Mutter! Mutter wird mich niemals in die Neuüberbauung hinein besuchen können!* Das schreit er und das steht für Lehr fest. Denn es gibt in dieser Neuüberbauung kein Klavier und er kann der Mutter also nicht die Melodien spielen, die sie fröhlich stimmen und zum Mit- und Übersingen der Noten drängen. Er schreit: *Es kommt mir kein Klavier in die Neuüberbauung! Es kommt mir keins herein! Denn wenn eins hereinkommt, dann werde ich die Melodien spielen, die meine Mutter fröhlich machen, versteht ihr, Bandler, Ferrer!* Bandler versucht zu beruhigen. Mit den Nerven geht es dem Ende entgegen bei Lehr. Nachdem der Jurist verschwunden ist und mit ihm die Eltern der toten Knaben, kann es eigentlich nicht lange mehr gehen, bis das Unglück da ist. Das Telefon ist still geworden.

Woher kennt der Jurist den Stadtrand, woher weiß er von dieser Neuüberbauung auf plattgewalzten Industrien von gestern? Wer lässt ihn ermitteln – in diesem angeblichen Mordfall? Was ist des Juristen ureigenstes Interesse?

Sofern eine Verwechslung vorläge, müsste damit gerechnet werden, dass die Frage *Lehr, wie gehts dir?*, die Lehr am 9. Oktober im Jahre 1996 aus Marokko ereilt hat, überhaupt gar nichts mit dem Neubaugeschehen rund um Lehr zu tun hat. Oder aber dass die Neuüberbauung zwei Fälle über einen dritten miteinander verknüpft, die in ihrem Urzustand keinen Bezug zueinander hatten, nämlich die Frage *Wie gehts dir?* und den angeblichen Knabenmord. Der Jurist glaubte womöglich, er führe die Eltern zu Lehr, zum Knabenlehr. Aber Lehr weiß, es handelt sich um eine Verwechslung.»Ich liebe Maria. Nichts weiter. Ich liebe keine Knaben. Ich habe nie einen Knaben geliebt. Es sollen andere Knaben lieben, es sollen Knaben geliebt werden bis ans Ende der Welt, aber ich liebe Maria«, das sagt Lehr. Diesen Sachverhalt jedoch kann ein Jurist nicht begreifen.

LEBENSLÄUFE

Ein ferner Nachmittag: Die Mutter der Knaben und Lehr springen über eine leere Wiese. Wolken hängen. Tropfen fliegen. Kühe, auf angrenzenden Flächen, wenden die Hälse nach dem springenden Paar. Etwas später wird das Paar in einer Gaststätte fünf Kilometer außerhalb Glonvilles gesichtet. Die Mutter und Lehr neigen das Haupt beim Sprechen. Die Mutter kritzelt hin und wieder etwas auf Papier. Daten? Pläne? Kurz nach vier verlassen sie das Lokal und besteigen den Bus zurück nach Glonville. Auf der langen Geraden vor Beginn des Dorfes küssen sich die beiden. Knappe fünfhundert Meter entfernt davon übt der Vater auf der Kirchenorgel. Er kann den Kuss nicht hören. Das Dorf beginnt zu munkeln, bald schon.

Die Mutter der Knaben war Präsidentin des anthroposophischen Mistelzweiges des Dorfes. Sie war für alle Mistelprodukte und deren Verkauf auf dem samstäglichen Dorfmarkt verantwortlich. Als die Mutter des Juristen vom Krebs zerfressen wurde, da streckte die Mutter der Knaben dem Juristen die besten Mistelzweige hin mit der Aufforderung, er möge diese in seine vom Krebs überfressene Mutter einführen. Der Krebs aber scherte sich nicht um die Mistelzweige und frass die Mutter samt Zweigen auf. Der Vater der Knaben war Organist in Glonville. Er spielte Bach und hatte krauses Haar. Im Dorf galt die Familie als vorbildlich.

Wie kommt Lehr ins Dorf? Zu den Knaben, zur Mutter? Wann und wo?

Er kam, ein warmer Tag im Mai, über die kleine Brücke am unteren Ende des Dorfes. Er fuhr einen alten schwarzen VW Käfer. Die beiden Buben spielten am Bach Klarinette und Fagott. Als Lehr ausstieg und sich in die Büsche begab, schlichen sie ihm nach. Immer öfter kam dann Lehr über die Brücke und immer öfter warteten die Knaben auf ihn. Auf der Suche nach Mistelzweigen soll auch die Mutter der Knaben in den Büschen auf Lehr gestoßen sein. Dorfbewohner sagen, die Frau hätte fortan so oft die Natur und die Büsche aufgesucht wie kaum jemals zuvor. In alle Winkel sei sie den Mistelzweigen nachgestiegen.

Woher kommt Lehr? Lehr kommt aus dem Süden, aus dem Jura vielleicht. Er ist zweiundzwanzig. Damals. Er ist hager. Die Rippen kann man zählen. Das Studium noch im Gang, unterrichtet er bereits. Lehr mag Kinder. Meistens aber ist er traurig. Außer in Gesellschaft, da wirbelt er mit Worten. Er wirbelt sich in Sprachprobleme hinein. Ein Vogel, ein komischer. Von seiner Familie erzählt er nie. Wo ist er aufgewachsen? Wo zur Welt gekommen? Es gäbe Dokumente, vielleicht. Hat er Geschwister? Einen Vater (ja, Velohändler)? Von der Mutter allerdings – in jungen Jahren eine bildhübsche Frau – wissen wir. Und dann seine Kindheit, seine Jugend: Ist da etwas geschehen? Hinter einem Wald? In einem Acker? In den Bergen? Woher kommt sein Hass auf die Berge?

Heute ist die Wiese blau. Lehr und die Mutter der Knaben schlendern über eine blaue Wiese. Sie springen nicht. Hinter ihnen bauen sich schwarzblaue Wolken am graublauen Himmel auf und wieder ab. Am Horizont weht der Wind Bäume um. Lehr und die Mutter bewegen ihre Hände ganz langsam, sie kreisen mit den Armen, sie zeigen hinauf, sie lachen langsam, und alle Worte, die aus ihnen kommen, werden sogleich in einen Wirbel gebracht und als blaue Buchstaben verwirft es sie über dem weiten Feld. »Bei Männern kann es zur Brustbildung kommen«, schreit Lehr. Die Mutter hält sich die Ohren dicht. Ihr schwarzes Haar ist lang und blau und flattert.

Der Jurist ist in den Händen seiner Mutter immer größer geworden. Weit über einen Meter achtzig. Dann hat ihn die Mutter dem Rechtsstudium und somit dem Rechtsstaat zugeführt, um bald danach an Krebs zu sterben. Der Jurist ist ein Freund Lehrs. Ein Freund von früher. Oftmals haben sie gelacht. Der Jurist aber kennt auch die Leute im Dorf, das zwischen der Meurthe und der Mortagne liegt, weil er selbst da wohnt. Im Dorf leben die Eltern der Knaben. Als die Geschichte mit den Knaben begann, da ging der Jurist manchen Schritt mit der Mutter der Knaben, ohne zu wissen, dass sein Freund, Lehr, eine Geschichte eingeleitet hatte. Auf dem hässlichen Parkplatz in Glonvilles Zentrum stand er und lachte mit der Mutter der Knaben zwischen parkierten Autos hervor. Gegen Osten hin schloss die hässliche Tankstelle an den Parkplatz, gegen Norden erhob sich der hässliche Betonblock, nicht groß, nicht klein. Ein Lebensmittelgeschäft mit dicken, bebrillten Verkäuferinnen, ein Kiosk und ein Friseur, rundherum kleine Einfamilienverschachtelungen und leeres Industriegelände: Das war Glonville. Die Verkäuferinnen, der Kiosk und der Friseur waren alle im Block untergebracht. Ebenso die Post. Gerade mit den Verkäuferinnen pflegte der Jurist einen nicht ungeselligen Gedankenaustausch, und auf welche Seite er sich beim (sogenannten) Auffliegen der Dinge gesellte, das war lange Zeit unklar. Bald sah er in seinem Freund von früher weiterhin seinen Freund. Bald den Kopf einer internationalen Waffen- und Kinderpornobande. Er lachte bald da hinein, bald dort heraus.

Das Liebesleben des Juristen ist schnell erzählt, wollte man sich auf Geschehnisse stützen. Die Mutter band den Juristen zunächst durch Mutterliebe, dann durch den Krebs derart an sich, dass der Jurist, groß, bleich, hohe Stirn, schütteres Haar, Hornbrillenträger und dünn, zu einem eigenständigen Liebesleben nicht fand. Seine Versuche, sich dem weiblichen Geschlecht zu nähern, waren von allem Anfang an ungeschickt und ohne wahrhafte Aussichten. Sein Beruf als Jurist und die damit verbundene

Möglichkeit, als Gerichtsvertreter an Orten von Unfällen und Verbrechen einen ersten Augenschein zu nehmen und als Protokollant an Streit und Unzucht teilzunehmen, mögen ihm eine gewisse Linderung verschafft haben. Im Zusammenhang mit dem Fall Lehr (manchmal ›Leer‹ geschrieben) steht nun die Vermutung, dass der Jurist aus Motiven, die möglicherweise in der gegebenen Biografie ansatzweise enthalten sind, die Eltern der Knaben in die Neuüberbauung geführt hat. Von größerer Bedeutung aber ist die Frage, ob der Jurist bei seinem wie auch immer motivierten Besuch in der Neuüberbauung einen Lehr aufspürte, den er nie gekannt, und ob er einer Verwechslung – mit oder ohne Kenntnis – Vorschub geleistet hat.

Wie sind Juristen in der Jugendzeit? Woran glauben sie? Und wie zeichnen sie als Kinder? Frau Bleuzac, die frühere Lehrerin in Glonville, sagte (zur damaligen Zeit) zum Juristen: »Warum machst du den Himmel immer grau? Bei dir gibt es keine Sonne und in der Nacht gibt es keine Sterne. Die Häuser sind fenster- und türlose Vierecke, die Wiese ein grüner Strich, Blumen gibt es keine.« Sie sagte: »Nimm einen Farbstift.« Dann nahm sie die Hand des späteren Juristen und zeichnete mit ihr einen Schmetterling. Als der Jurist wiederholen musste, so machte er einen bloßen Strich. Frau Bleuzac fragte ihn: »Wo ist der Schmetterling?« Der Jurist zeigte mit dem Finger auf den Strich und sagte: »Da.« Einmal malte er ein wunderbares Bild: eine Prinzessin auf einem Pferd und im Hintergrund ein Schloss. Frau Bleuzac musste weinen und dachte an den Durchbruch. Sie ließ ihn fortan immer Prinzessinnen malen. Am Ende des Schuljahres nahm der Jurist seine Prinzessinnen mit nach Hause. Nach den Ferien kam der Jurist in die zweite Klasse zurück und sagte, seine Mama sei böse geworden, weil sie, die Lehrerin, ihn immer Prinzessinnen zeichnen lasse. Die Bilder habe sie weggeworfen. Frau Bleuzac rief die

Mutter an. Die war sehr höflich und bestimmt. Der Jurist habe begonnen, so sagte die Mutter, auch zu Hause Prinzessinnen zu malen. Die Prinzessinnen, die er zu Hause und heimlich gemalt habe, seien aber mehr und mehr nackt gewesen. Einen großen Strich habe er zwischen die Beine gemalt und darüber viele kleine Striche als Schamhaare. Sie habe nicht sogleich eingegriffen. Erst als der Jurist begonnen habe, die Prinzessinnen zerstückelt zu zeichnen mit roten Strichen überall, erst da sei sie eingeschritten. Sie habe ihm verboten, weiterhin Prinzessinnen zu zeichnen. Und damit er nicht gereizt würde, wäre es wohl auch besser, wenn er in der Schule keine Prinzessinnen mehr zeichne, obschon er in der Schule die Prinzessinnen ja niemals nackt und zerstückelt gezeichnet habe. Frau Bleuzac fand keinen Einwand gegen die Ausführungen der Mutter und sie musste in der Folge wieder den grauen Himmel und die tür- und fensterlosen Vierecke entgegennehmen.

Wenn der Jurist mit anderen Kindern spielte, so wurde es ihm bald zu grob. Ballspiele waren ihm ein Graus. Er liebte die stillen Spiele, er sammelte Schnecken und Eidechsen, er legte Listen an in seinem Zimmer, er half Kleineren beim Schuheschnüren, Schwimmen verabscheute er. Eigentlich hatte er Angst. Nichts traute er sich zu und niemals hätte der Jurist Jurist werden wollen, hätte er nicht Angst gehabt. Als die Mutter später starb (er war da schon ein junger Mann), da fürchtete er sich vor dem bevorstehenden mutterlosen Leben, nach welchem er sich seit zwanzig Jahren gesehnt hatte. Nach ihrem Tod wurde er zum Spötter. Er spottete über alles Übersinnliche, er spottete über Beziehungen und er spottete über seinen Beruf. Er verbrachte die Abende zuerst mit Jusstudenten, später mit Berufskollegen und im Kreise von Landschaftsschützern. Er glaubte mehr und mehr, dass die Leute nur lebten, damit die Juristen etwas zu ordnen hätten. Seinen Vater hatte er früh aus den Augen verloren.

Vielleicht trägt der Jurist keinen Mutterschaden in sich, vielleicht trägt er einen Vaterschaden aus. Vater war in der Karibik, in Rom, in Afrika, in Südostasien, und wenn er (selten genug) nach Hause kam, sang er Opern. Der Jurist, damals klein noch, sechs, sieben Jahre, rannte in sein Zimmer und hielt sich die Ohren zu. Vater aber lief ihm singend hinterher und brüllte durchs Schlüsselloch. Das waren die schrecklichsten Augenblicke in der Kindheit des Juristen. Erlöst wurde er jeweils, wenn die Mutter mit aller Entschiedenheit dem Vater Einhalt gebot. Beim gemeinsamen Abendessen beklagte sich der Vater, dass *in diesem Haus* überhaupt kein Spass erlaubt sei, dass er sich dauernd zurückhalten müsse, nicht ein einziges Mal könne man den Clown spielen *hier*, und er kratzte sich am Geschlecht und brummte Unverständliches. Einmal sagte der Vater: »Der Junge braucht Luft. Sonst wird er zuletzt noch Jurist.« Als die Mutter starb, da war der Vater längst ausgewandert. Er kam an die Beerdigung zurück mit einer sehr viel jüngeren Bekanntschaft aus Kuba, die sich, so jedenfalls im Urteil des Juristen, an der Beerdigung und vor allem beim nachfolgenden Leichenschmaus vollkommen geschmacklos aufgeführt habe.

In einer Nacht- und Nebel-Aktion verhalf der Jurist einer achtzehnjährigen Drogenschieberin aus Albanien zur Flucht. Er, durch seine Tätigkeit als Gerichtssekretär in Meuselle-Gorthe frühzeitig benachrichtigt, rettete sie vor einer Verhaftung. Er steuerte das achtzehnjährige Mädchen eigenhändig in seinem neuen Renault aus der Gefahrenzone hinaus und versteckte es für drei Tage in seiner Wohnung. Ob daraus etwas geworden ist – niemand weiß es. Die Geschichte blieb geheim und es war reiner Zufall, dass Ferrer über Umwege von dieser Rettungsaktion erfahren hatte. Das Mädchen lebe zur Zeit wieder bei seinen Eltern in Albanien, so Ferrer.

Lehr und der Jurist kennen sich aus der gemeinsamen Gymnasialzeit, die sie in Meuselle-Gorthe verbracht haben. Noch in den letzten Jahren des Studiums, ein zweiundzwanzigjähriger Mann damals, sucht Lehr Arbeit. Er trifft in den Hallen der Uni in Straßburg auf den Juristen. Sie sprechen über die alten Zeiten in Meuselle-Gorthe. Dann sagt Lehr, dass er Nachhilfestunden erteilen möchte, er brauche Geld. Der Jurist, es ist ein Zufall, weiß von Bekannten in seinem Wohnort, die einen Lehrer suchen. Er sagt: »Komm doch nach Glonville, da kannst du Nachhilfestunden erteilen.« Lehr ist sehr erstaunt und sagt: »Wie, in Glonville gibt es einen Bedarf?« Der Jurist bestätigt und sagt: »Ja, in Glonville gibt es einen Bedarf.« Und dann lacht er laut in die Unihallen hinaus. Sie geben sich die Hände und bald darauf fährt Lehr mit einem alten schwarzen VW Käfer über die Brücke hinein nach Glonville. Er trifft da Kerian und Spal. Er trifft auch die Mutter der beiden Knaben. Nach kurzer Zeit wird im Dorf über ein Verhältnis Lehrs zur Mutter gemunkelt. Lehr aber, erneut zufällig, trifft den Juristen in den Unihallen und erzählt von diesen Gerüchten. Wiederum lacht der Jurist laut in die Hallen. Er sagt aber nicht: »Hände weg, Lehr!« Er sagt nicht: »Die Mutter ist mein, Lehr!« – überhaupt nichts dergleichen. Aber es ist auch kein fröhliches Lachen, das der Jurist lacht. Sieht er das gemeinsame Lachen auf dem Dorfplatz bedroht, sein und der Knabenmutter Lachen? Kurz darauf aber verfällt die Mutter des Juristen dem Krebs und der Jurist holt von da an täglich die Mistelzweige bei der Mutter der Knaben ab und der Krebs wird groß und festigt die Beziehung des Juristen zur Mutter der Knaben.

Lehr hingegen hatte seine Nachhilfestunden im Dorf bald wieder aufgegeben und er war schon mehr denn zwei Jahre fort, als ihn die Nachricht von der Entführung ereilte. Man munkelte, er sei in diese Entführung verwickelt, er zusammen mit der Mutter der Knaben. Die Gerüchte überbrachten ihm Bekannte, die vor Jahren ebenfalls in Meuselle-Gorthe das Gymnasium besucht hatten. Lehr konnte nicht begreifen und er rief den Juristen an, um sich zu erkundigen, was vorgefallen sei. Zunächst aber entschuldigte er sich dafür, beim Tod der Mutter des Juristen kein Zeichen des Beileids gegeben zu haben. Der Jurist sagte, *macht nichts, es ist vielleicht besser so, es hat sein müssen und so ist das Leben,* und dann bestätigte er, dass die Knaben tatsächlich entführt worden seien. Ein Jahr oder mehr noch solle diese Entführung bereits zurückliegen. Die Knaben seien nicht wieder aufgetaucht – und es werde auch in Sachen Mord ermittelt. Er aber, Lehr, könne beruhigt sein, soweit er, der Jurist, wisse, gebe es keine Hinweise, die auf ihn, Lehr, deuteten. Über die Gerüchte lachte er bloß wieder, diesmal in den Telefonhörer hinein. Dann sagte er, dass er seit langem erkältet sei und diese Erkältung nicht mehr wegbekomme und dass man sich doch wieder treffen könne – aber nicht in Straßburg, denn er komme da fast nie hin, seit er das Studium abgeschlossen und die Stelle als Gerichtssekretär in Meuselle-Gorthe angetreten habe. »Weshalb denn gerade in Meuselle-Gorthe«, fragte ihn Lehr? »Das ist doch seltsam, du kommst ja gar nie heraus aus Meuselle-Gorthe und Glonville!« Und der Jurist lachte abermals in den Hörer und sagte: »Nein, ich komme nie heraus aus Meuselle-Gorthe und Glonville.«

Ein knappes halbes Jahr später, neben Ferrer war nun auch Bandler zur guten Freundin geworden, häuften sich die Gerüchte, und als Lehr von ihnen in seiner Wohnung im Stadtzentrum von Metz in immer direkterer Weise erfasst wurde, da dachte er über verschiedene Möglichkeiten nach. Er entschloss sich, an den Metz'schen Stadtrand umzuziehen. Ferrer und Bandler wollten ihn begleiten – ein Zeichen der Freundschaft. Lehr rief erneut den Juristen an, denn es stellten sich einige juristische Fragen, die er mit dem Juristen erläutern wollte. Konnte er unter einem anderen Namen leben, mindestens vorübergehend? Wie weit waren Möglichkeiten der Anonymität gesetzlich gegeben? – und dergleichen mehr. Der Jurist lachte auf und sagte triumphierend, dass es solche Möglichkeiten »natürlich« gebe, aber dass bestimmte Bedingungen erfüllt sein müssten. Und dann wiederholte er lachend, »an den Stadtrand« und immer wieder, »an den Stadtrand«. Lehr sagte, leicht gereizt, »ja, an den Stadtrand« und der Jurist, abermals lachend, »an den Stadtrand«. Lehr fragte: »Und die Mutter?« Der Jurist nahm die Frage auf und erzählte, dass er mit der Mutter der beiden Entführten *eigentlich praktisch* keinen Kontakt mehr pflege, man sehe sich noch zufällig, im Dorf etwa, aber er wisse eigentlich nichts über den Fall, zumindest sehr wenig, und überdies sei er erkältet – es wäre gut für ihn, einmal aus *diesem* Meuselle-Gorthe und *diesem* Glonville herauszukommen, das sagte der Jurist und dann lachte er wieder in den Hörer. Die Mutter jedenfalls wohne immer noch in Glonville und sei polizeilich nicht weiter belangt worden. Offenbar gebe es andere Spuren. Das waren des Juristen letzte Angaben. Lehr fühlte sich nach dem Gespräch mehr bedroht denn erleichtert.

Wo liegt Ferrers Heimat? Wie hat Ferrer die Kindheit überlebt? Wer überhaupt ist Ferrer, wie sieht er aus?

Zunächst hat man sich einen Mann vorzustellen, der bereits bei leichtem Alkoholgenuss zu rötlichen, manchmal gar bläulichen Flecken im Gesicht neigt. Diese Flecken drohen dann ein Gesicht und ein Aussehen zu verstellen, das für sich genommen reizvoll sein kann. Ferrer ist ein Blondschopf. In seinem heimatlichen Thann wurde er *der Isländer* genannt. Er ist aber kein Isländer, er ist Elsässer und Sohn eines Metzgers. Als Lehr vor Jahren über die Brücke in Glonville fuhr, da wohnte Ferrer noch bei Vater und Mutter, dem Metzgerehepaar in Thann. Tagsüber studierte er in

Basel. Als aber eines Tages sich die ältere Schwester im Schlachthof erhängte, da verließ Ferrer den heimischen Schlachthof in Thann und zog nach Straßburg. Dort vollendete er seine Studien und traf – es muss dies bereits in den frühen Neunzigern gewesen sein – an einem Mittagstisch in der Innenstadt auf Sandra Bandler. Ferrer wurde von frühester Kindheit an auf gemeinschaftliche Wanderungen mitgenommen. Es wanderten da seine beiden jüngeren Brüder mit, seine halbe Stiefschwester, seine Mutter mit den gedörrten Bananen, sein Vater Olaf und Tante Helga. Diese Wanderungen haben den jungen Ferrer von Grund auf zerstört. Wenn Vater Olaf und Mutter Gerda zu den Gipfeln schauten, die Brüder in tiefen Depressionen ihre Füße vor sich her stießen und die Halbschwester ihren Selbstmord plante, dann zog Tante Helga Ferrer zu sich in die Büsche. Möglicherweise sind diese frühen Übergriffe mit ein Grund dafür, dass sich Ferrer als Schriftsteller nurmehr Perversitäten widmet (in seinen Texten wimmelt es von Fotzen). Weiter mögen diese frühen Schockerlebnisse auch dazu geführt haben, dass Ferrer sich in jene Gemeinschaft mit einem Lehr begab, der zumindest verdächtigt wurde, Abartiges getan zu haben. Offenbar fehlten Ferrer die Kräfte, sich willentlich und entschieden von sexuell Fehlgeleitetem fernzuhalten. Selbst wenn es sich um eine Verwechslung handeln sollte, die Lehr in die verzweifelte Lage in der Neuüberbauung gebracht hätte, selbst dann wäre Ferrer vorzuhalten, dass er bereit war, die Nähe eines doch möglicherweise Schuldigen zu dulden. Für die vorbehaltlose Annahme einer Verwechslung jedenfalls waren Ferrers Kenntnisse zu schmal.

Mit vierzehn hätte Ferrer bei einem Haar seinen Vater Olaf mit einem schwarzen VW-Käfer auf dem Fußgängerstreifen überfahren. Er spritzte mit einem Freund verbotenerweise durch die Nacht. Über die hell erleuchtete Hauptstraße seines heimatlichen

Thann hinwegrasend, sieht er plötzlich Olaf aus dem Dunkel des Schlachthofs auftauchen und auf den Fußgängerstreifen treten. Der junge Ferrer denkt nur eins: »Jetzt nieder, jetzt bücken«, und er wirft sich hinter dem Steuerrad nieder. An der sonntäglichen Mittagstafel hört er Olaf über einen Verbrecher klagen, der mit etwa 140 durchs Dorf gerast sei und ihn dabei um ein Haar überfahren habe. »Schwerverbrecher sind das«, sagt Olaf. Der kleine Ferrer nickt. Mit sechzehn beginnt Ferrer mit Haschisch zu handeln. In Napoli kauft er ein, in Basel setzt er um. Vor dem Grenzübertritt lagert er den Stoff in der Zugtoilette und legt ein Schamhaar darauf. Nach der Zollkontrolle geht er in die Toilette zurück und schaut, ob er das Schamhaar so antrifft, wie er es verlassen hat. Ist dem so, so nimmt er den Stoff wieder an sich und führt ihn seiner Bestimmung zu. Mit dem Gewinn inszeniert er Hörspiele über Hölderlin.

Wie wird Ferrer zum politischen Denker? Wer klärt ihn auf? Was ebnet ihm den Weg zu Bandler und Lehr?

Nach dem Tod seiner Halbschwester zog er nach Straßburg und traf dort an der Universität in einer Geschichtsveranstaltung auf Lehr. Später traf man sich an einem Sonntag, um über die verschneiten Vogesen zu ziehen. Während des Gehens auf Langlaufskiern sagte Lehr plötzlich: »Ferrer, wir sind beide Kinder von Gewerblern.« Dann klärte er Ferrer über die politischen Verhältnisse im Land auf. Auch erzählte er von der Mutter Kerians, der eine Beteiligung an der Entführung ihrer Söhne vorgeworfen wurde. Er erzählte von Kerian selbst, von Spal, von seiner eigenen Mutter, die sein Erwachsenwerden begleitet und dabei überschattet habe. Ferrer erzählte von seinen Reisen nach Prag und in die mährischen Wälder, aus welchen er jeweils aufgrund massiven Alkoholkonsums tagelang nicht mehr herausgefunden habe. Er erzählte von den Wanderungen in den Savoyen. In Val d'Isère, da, wo Lise-

Marie Morerod, die späterhin bei einem Autounfall schwer verunglückte Skiprinzessin, zu Zeiten von Ferrers Kindheit alle Slaloms gewonnen und wo jährlich der Skiweltcupzirkus gastiert hatte, hatten die Ferrers eine Einzimmerwohnung gekauft. In diese Einzimmerwohnung sei, so erzählte Ferrer, die ganze Familie verlegt worden, kaum seien Ferien greifbar gewesen. Auch Tante Helga, die Schauspielerin, die in ihrer Jugend einmal an einen Exhibitionisten geraten sei und die seither eine Störung in sich trage, auch Tante Helga sei mit in diese Einzimmerwohnung gezwängt worden. Und weil weder Olaf noch die Mutter, weder die pubertierenden Brüder noch die Selbstmordhalbschwester sich voreinander hätten entblößen wollen, hätten sie alle über Tage hinweg die gleiche Unterwäsche getragen (ein Umziehen in der Toilette sei nicht in Frage gekommen, weil man die frische Unterwäsche hätte mitnehmen müssen, was bemerkt worden wäre; schon allein der Gedanke, es würden nun alle draußen im Zimmer wissen, dass man die Toilette nur deshalb aufgesucht habe, um die Unterwäsche zu wechseln, schon allein dieser Gedanke habe einen Wäschewechsel verunmöglicht). Tante Helga aber habe ihn oft nachts heimlich in die Toilette gezerrt und dort ihren Busch entblößt. Das habe niemand gemerkt.

Nach dem Sonntag auf den Langlaufskiern trafen sich Lehr und Ferrer gelegentlich zu Mittagsmahlzeiten in der Straßburger Altstadt. Auch der Jurist übrigens und andere Studenten waren einige Male mit anwesend bei diesen gemeinsamen Mahlzeiten. Für Ferrer – wie dieser Lehr nachträglich gestand – waren diese gemeinsamen Studentenessen das nackte Grauen. Erst aber gegen Studienschluss vertiefte sich die Beziehung von Ferrer zu Lehr und es entstand eine Freundschaft im recht eigentlichen Sinne. Ferrer schrieb nach Studienabschluss und nach einem kurzen Intermezzo als Redaktor eines internen Computermagazins zahlreiche kurze Romane und erhielt den elsässischen Literaturpreis.

Bevor sich Ferrer mit Lehr anfreundete, hatte Ferrer einen anderen Freund. Es war der Maler Florini. Florini war Halbrömer und soll in jungen Jahren eine unglaubliche Anziehungskraft auf Frauen ausgeübt haben. Der künstlerische Erfolg aber wollte sich nicht einstellen. Und weil keiner seine Bilder wollte, machte er der Gemeinde eine Schenkung. Die Gemeinde willigte nach langem Hin und Her in diese Schenkung ein, unter der Bedingung allerdings, dass Florini, der Maler, für den Transport selber aufkomme. Also musste Florini eigenhändig das Gemälde, das er der Gemeinde schenken wollte, die Stufen zum Gemeindehaus hinauftragen. Der Dienst tuende Abwart und zwei Beamte schauten ihm dabei zu und wiesen ihm dann den Platz an, wo das Bild provisorisch hinzustellen sei (später hängte man es hinter eine Tür, wo es niemand sehen konnte). Bei der anschließenden offiziellen Übergabe fand sich Florini allein mit einem schwer alkoholabhängigen Journalisten der Lokalzeitung und einem zweitrangigen Sekretär vor, der zu diesem Anlass abbeordert wurde. Florini schüttete den Wein in sich hinein und wankte wieder aus dem Gemeindehaus hinaus. Ein Jahr später bekam Florini Post von der Gemeinde. Man renoviere. Er solle das Bild wieder abholen kommen, man müsse es sonst entsorgen. Florini ging nicht und bekam weitere drei Monate später die Rechnung für die Entsorgung zugesandt. Ferrer erzählte dies alles in der gemeinsamen Wohnung in Metz. Bandler und Lehr mussten lachen.

Sandra Bandler zog mit knappen sechzehn Jahren von zu Hause aus. Daheim wurde es eng, der Vater schlug sich breit und die Mutter sprach nicht mehr. Sandra Bandler war eine eigenständige und reizbare junge Frau mit ausgefallenem Kleidergeschmack. Eine um zwei Jahre jüngere Kusine aber wurde lange Zeit verdächtigt, in Kuverts zu erbrechen, diese Kuverts dann zuzukleben und das Erbrochene an verfeindete Leute zu versenden. Sandra Bandler bekümmerten diese Gerüchte sehr, wollte ihnen keinen Glauben schenken, konnte aber doch die Hand für ihre Kusine nicht ins Feuer legen. Später klärten sich die Dinge zufriedenstellend. Vaters Tod wirkte sich positiv auf Bandlers Leben aus. Sie begann mit einem Psychologiestudium und verlegte den Wohnsitz nach Straßburg.

In den Achtziger Jahren bediente Sandra Bandler als Telegrafistin eine abgelegene Station in der afghanischen Hochebene, knappe zweihundert Kilometer nordöstlich von Kabul. Aus dieser Zeit ist ein herzlicher, wenngleich sporadischer Kontakt zu einem gewissen Abdumullah Grasi, einem gebildeten Afghanen aus der Gefolgschaft des letzten kommunistischen Präsidenten des Landes, Nadschibullah, erhalten geblieben. Zur Zeit der Niederschrift dieses Textes übernahmen allerdings gerade die Taliban, eine mittelalterliche Religionsgemeinschaft, die Macht im Land und rotteten letzte westliche und letzte kommunistische Einflüsse aus. Grasi, zuletzt Leibwächter des Expräsidenten, gilt seither als spurlos verschwunden. Laut Zeitungsberichten soll Nadschibullah oder kurz Nadschi, wie er von seinen Nächsten genannt wurde, nachts um drei erwacht sein und gemerkt haben, dass seine Leibwächter (unter ihnen Grasi) verschwunden seien. Nadschi habe – so die Zeitungen – sogleich die UNO angerufen, um ihr zu melden, dass seine Leibwächter verschwunden seien und dass er ganz allein sei und kein gutes Gefühl mehr habe (»allein bin, Gefühl schlecht« – und das auf Dari). Anderntags konnte man in den Zeitungen ein Bild sehen, das Nadschi nicht mehr allein zeigt: Von unzähligen Bärten der Taliban wird er durch die Straßen Kabuls getragen – zwei Meter hinter ihm folgt sein Bruder. Beide tot und gehängt. Grasi aber kam im darra-ie Munjan, auf Deutsch Munjatal, zur

Welt, und zwar im größten Dorf des Tales, in Sharan. Beim Munjatal handelt es sich um ein Hochgebirgstal im östlichen Hindukusch, das zur Provinz Badakhshan gehört. Das Tal verläuft von Südsüdwesten nach Nordnordosten und wird vom ab-e Munjan, einem Quellfluss des Kokcha, durchflossen. Von den Hochweiden, den sogenannten ailaq, hat Grasi durch glückliche, sich späterhin aber als tragisch erweisende Zufälle den Sprung nach Faizabad und schließlich in die Eliten Kabuls geschafft, ein Lebensweg, der im Grunde genommen ausgeschlossen ist, zumindest was afghanische Verhältnisse betrifft. Wer in den Hochweiden zur Welt kommt, der bleibt in den Hochweiden. Er durchschreitet die dasht, die wüstenhafte Ebene im unteren Tal, allenfalls, er steigt die kahlen und steinigen Abhänge auf und nieder, er geht ein Leben lang durch harte und trockene Gräser, niedere Büsche und Dornenpolster, und er wird bald feststellen, dass das Tal nach allen Seiten hin abgeschlossen ist, weil es letztlich eine enge Schlucht ist, die den Fluss aus dem Tal abführt, eine Schlucht, die für Menschen unpassierbar bleibt. Er wird merken, dass der Zugang (also auch der Abgang, falls er daran denkt) nur über hohe Pässe möglich ist, über sehr hohe Pässe, und er wird, wie alle anderen, den Fremden, die ins Tal kommen, immer dieselben Fragen stellen: Woher kommt ihr? Welchen Weg seid ihr gegangen? Seid ihr zu Fuß oder zu Pferd unterwegs? Wie ist der Zustand des Wegs? Das sind die Fragen. Grasi aber war ein gescheites Kind. Er wollte nicht immer der Fragende bleiben. Ein entfernter Verwandter in Jurm, dem nächstgrößeren Basar außerhalb des Tales, verhalf ihm zum Eintritt in ein Internat und somit zum Abgang aus dem Tal. Die Mutter weinte am Tag, als der Junge das Zuhause verließ. Sie wusste, dass ein Überschreiten der Berge für einen Munjani nicht gut enden konnte. Ein Munjani war gemacht für das Tal wie das Kind eines Gewerblers fürs Gewerbe. Daran hatte die Zeit nichts geändert. Grasi aber, der bis dahin die Sprache der Munjani sprach, das sogenannte Munji, eine nordostiranische Sprache übrigens, die bereits in den umliegenden Nachbartälern nicht mehr verstanden wird, lernte im Internat schnell das sogenannte Dari, die in Afghanistan als Verkehrssprache gesprochene Form des Neupersischen, in Lautung und Wortschatz älter als das moderne Persisch in Teheran. In Jurm, später in einem Internat in Faizabad, musste Grasi ständig dieselben Vorwürfe hören: Was haben die schon dort oben? Sie essen schlechtes Brot! Die Frauen sind hässlich und schmutzig! Die Munjani arbeiten kaum und rauchen den ganzen Tag Opium! Das alles musste Grasi noch jahrelang hören, obwohl er sich dem Tal längst nicht mehr zugehörig fühlte. Er lernte Englisch, später Russisch. Er trat in die öffentlichen Dienste ein, er wurde Dienstchef eines Telegrafenamtes in Faizabad, der ersten solchen Stelle im Norden des Landes. Er trat dann in die Partei ein, er las Lenin und Marx auf Russisch, er sprach mit Bandler über Produktionsverhältnisse und Kapital, er zeigte sich als Gentleman und es war für ihn ein Zeichen des Fortschritts, dass Afghanistan unter sowjetische Vormacht fiel. Die Hochweiden hatte er vergessen, nicht verdrängt, wirklich vergessen, und als er sich als Leibwächter Nadschibullahs vorfand, da verstand er dies in erster Linie als eine intellektuelle Aufgabe. Mit Bandler, wie gesagt, war der Kontakt bis kurz vor Nadschis schrecklichem Ende niemals ganz gebrochen und das unklare Ende des Hochweidlers rief in Bandler Schmerz und Verbitterung hervor. Als sie in den spätabends ausgestrahlten Nachrichten sah, wie Nadschi an einer Stange hing, da schrie Bandler, über den Sims gestreckt, ein Buch über Depressionen in Händen, laut auf.

    Was ist mit ersten Liebschaften? Was ist aus den Träumen geworden? Wie wird aus Bandler eine Frau und dann eine Wissenschaftlerin?

Bandler liebte von frühester Zeit an Feuerwerke, und an der amalfitanischen Küste, so ist zu vermuten, liegt eine große Liebe begraben. Der Fischer Giorgio ließ seine Netze fallen und schloss Bandler in seine starken Fischerarme. Bandler, darauf angesprochen, spricht vom großen amalfitanischen Sommer, und für sie steht außer Zweifel, dass es sich bei der amalfitanischen Küste südlich von Napoli um die schönste Küste der Welt handelt. Geblieben sind Fotografien und ein gutes Italienisch. Nach dem großen amalfitanischen Sommer begann Bandler mit der Arbeit. Sie las sich durch unzählige wissenschaftliche Werke. Sie erstellte Zusammenfassungen. Sie zeichnete Wortbäume. Sie besuchte Seminarien und Kurse. Sie lud ganze Wissenschaftsgruppen in ihre Küche ein und es wurde diskutiert über die neue Semantik, über den internationalen Frauenhandel und das Zürcher Erzählmodell. Und dann widmete sich Bandler mehr und mehr kognitiven Fragen. Sie lernte neue Menschen kennen, viele Menschen, einen zweiten amalfitanischen Sommer aber gab es nicht, denn Ferrer tauchte auf und Ferrer war kein amalfitanischer Sommer. Ferrer war überhaupt kein Sommer. Ferrer war Arbeit. Und auch diese Arbeit nahm Bandler auf sich. Nicht weil sie es für wichtig hielt, mit einem Schriftsteller zusammen zu sein, sondern weil sie Ferrers Weinliebhabertum teilte. Manchmal packte Bandler, die Wissenschaftlerin, all ihre goldenen Engel aus der goldenen Schachtel und stellte sie auf Schränken und Fenstersimsen aus. Sie schüttete Duftstoffe in die Duftlampen, sie legte lang gezogene Klänge in ihre Musikanlage und sie träumte. Sie träumte von einem Ball mit hochgewachsenen, kräftigen Männern in weißen Hemden und schwarzen Fracks. Und sie träumte, wie sie von kräftigen, südländisch behaarten Männern in die Luft gehoben würde und wie sie zwischen unzähligen Säulen hindurchflöge, und je länger sie träumte, desto mehr verloren sich die Männer langsam aus dem Bild, und es blieben allein ihre Arme und ihre Hände, die Bandler immer wieder von neuem durch die Lüfte warfen. Nach und nach hob Bandler ganz ab, die Männer verloren sich unter ihr vollends und wurden winzig zwischen den Säulen. Und als Bandler »Giorgio, Giorgio« rief, ja beinahe stöhnte, da war sie schon allein, allein in einer weiten, hohen Halle, allein zwischen weißen Mauern und meterhohen Fenstern, allein und es roch nach Fisch.

Bandler hatte einen sonderbaren Bekannten. Er hieß Marcel Schaller und nannte sich MARSCH. Er schrieb dieses MARSCH groß und lief mit kleinen Spielzeugtierchen durch die Welt, Tierchen, die man aufziehen konnte und dann bewegten sie sich ganz lustig eine halbe Minute lang am Boden. Die letzten Bewegungen waren ganz langsam und zaghaft, das Absterben schon sichtbar, und MARSCH saß daneben auf einem Stuhl und nannte sich MARSCH und Künstler. Er sagte, ich bin der Künstler MARSCH und wer das nicht begreift, hat von Kunst nichts begriffen. Er lachte nicht, wenn er den Spielzeugtierchen zuschaute, nein, er betrachtete vielmehr ihre Bewegungen und ihren Stillstand, als wären an diesen Bewegungen und dem anschließenden Stillstand irgendwelche Nachrichten abzulesen, verdeckte Nachrichten, nur intellektuellem Scharfsinn zugänglich. Mit diesen Tierchen trat er einmal in einem Kellertheater im Vogeser Hochland auf, ein Theater, dem Ferrer für kurze Zeit als Direktor vorstand. Das Theater stellte den Betrieb ein, kurz nachdem MARSCH seine Tierchen dort ausgepackt hatte. MARSCH hatte nie studiert. Über seine Jugend schwieg er sich aus. Er arbeitete als Teilzeitangestellter bei einer Bank in der Nähe von Basel. Er verstehe diese Arbeit letztlich als künstlerische Arbeit, sagte er. Er war über dreißig, trug gebleichtes, kurzes Haar und ausgefallenen Ohrenschmuck. Er schaute aus wie ein Bub.

Was tut Lehr im Zelt? Was prägt ihn? Spielt er Klavier? Gibt es eine Jugend?

Lehrs Vater war Velohändler in Straßburg, seine Mutter aber entstammte einer Deutsch sprechenden Familie aus St. Imier, im so genannten Bernischen Jura. Lehr wuchs in einem kleinen Dorf auf und hatte wenig eigene Freunde. Mit elf Jahren legte er sich in dem im Garten aufgestellten Zelt nackt auf seine zehnjährige und ebenso nackte Schwester. Als das Glied drin war, da ertönte vom Balkon herab Mutters Stimme, die rief: »Was macht ihr auch, ihr Kinder? Es ist so ruhig!« Blitzartig gingen des Bruders Glied und der Schwester Scheide auseinander und fortan getrennte Wege. Ein Jahr später wurde wiederum das Zelt aufgestellt. Diesmal war sein Freund mit drin. Und gegenseitig schlugen sie sich auf ihre nackten Glieder, die vom Leib weggingen. An Wandertagen wurde der Familiensinn gepflegt. Die Mutter sang *Wohlauf in Gottes schöne Welt*, der Vater, vorneweg, trug sich den Gipfeln zu. Dazwischen die Kinder. Im Rucksack lagerten, eingepackt in Beuteln, Gurken, Äpfel, Tomaten, Rohschinken, Bündner Fleisch und Brot. Vieles verlor sich aus der Form, sobald es aus den Beuteln gehoben wurde. Es war die Gesundheit, die in den Rucksäcken mitkam, wenn die Familie wanderte. Abends stellten Vater und Mutter fest, dass das Wandern den Kindern eben doch gefallen habe. Vater war Velohändler und Mutter von Natur aus gut. Spielte der kleine Lehr das Forellenquintett auf dem Klavier, so hob sich ihre Seele und ihr Kehlkopf stimmte ein. Das waren schöne Nachmittage. Vor allem im März, wenn die Sonne bleich war und alles taute draußen. Je mehr es draußen taute, desto mehr war der Tod in der Stube, da, wo das braune Klavier stand und den Forellenquintettteppich verbreitete, bis alle Fische in Lehr obenauf schwammen.

Vater ist ein Menschenfreund und zieht die Handorgel. Es ist warm. Ein schöner Samstagabendhimmel zieht sich über die

Dächer der Einfamilienhäuser. Vaters Spiel lockt die Nachbarn an, Lehr weiß das. Schon stehen sie hinter den Büschen, schon rufen sie dem Vater zu. Und allein am Himmel kann Lehr ablesen, was bald geschieht. Nachbarn fallen über Zäune und Büsche ein und vergrößern das Fest und des kleinen Lehrs Elend. Spätestens wenn Bratwürste auf dem Grill liegen, ist der Krieg nicht mehr aufzuhalten und die Richtung genommen. Und sind Vaters Würste ausgegangen, dann geht der Nachbar von links und holt seine Würste. Ebenso der Nachbar von rechts. Ebenso die von unten und oben. Lehr hatte es niemals erlebt, dass die Würste ausgegangen waren.

Auch Lehr hatte einen Freund, der ein Künstler war. Es war der hoch gewachsene Prosaist Seudat und auch diesen trieb es mit seinen kleinen Prosastücken in Ferrers Kellertheater in die Vogesen hinauf. Lehr selbst war es, der die Anregung gab. Ja, er stieß diesen Seudat mit seinen prosaischen Miniaturen geradezu vor sich her und in den Keller hinein, um selber schließlich abzudrehen. Die Vorstellung, einen Abend lang den hoch gewachsenen Prosaisten Seudat, der seine ganze Kleinprosa dem großen Neurologen Alexander Romanowitsch Luria gewidmet hatte und der jede seiner Miniaturen mit *für Alexander Romanowitsch Luria* beginnen ließ, die Vorstellung also, den Prosaisten Seudat einen ganzen Abend lang vor sich zu haben und zusehen zu müssen, wie dieser alle seine Alexander Romanowitsch Luria gewidmeten Miniaturen in der denkbar größten Ungezwungenheit dem Publikum darbieten würde, diese Vorstellung war Lehr ein Graus. Ferrer beschuldigte Lehr später, ihm, Ferrer, diesen Seudat mit seinen Miniaturen und seinen Späßen aufgebürdet und sich dann aus dem Staub gemacht zu haben. Es sei das einer der peinlichsten Abende gewesen, den er je in seinem Kellertheater, ja überhaupt durchgestanden habe. Einmal sagte Ferrer zu Lehr und Bandler: »Ihr bringt mir den MARSCH und den hoch gewachsenen Seudat mit seiner Kleinprosa und schlussendlich zerstört ihr mir das ganze Theater! Nicht nur mein Theater in den Vogesen, nein, das Theater schlechthin!« Das sagte er einmal zu Bandler und Lehr, als sie gemeinsam die Wohnung in Metz bezogen hatten. Bandler und Lehr erwiderten: »Gut, das ist wahr, das mit MARSCH und Seudat ist wahr, aber wer hat denn die Helga in das Theater gezerrt? Warst das nicht du selbst, Ferrer?« Ferrer sagte: »Helga ist meine Tante, versteht ihr? Ich musste sie einmal in mein Vogesentheater hinaufholen, ich musste das. Zudem ist sie Schauspielerin. Zerstört sie nicht mein Theater, zerstört sie ein anderes. MARSCH und Seudat aber stehen sonst keine Bühnen offen; hättet ihr sie nicht in mein Vogesentheater hinaufgestoßen, sie hätten nie die Gelegenheit gehabt, ein Theater zu zerstören.«

BERLIN

Es soll zu Beginn der Neunziger Jahre gewesen sein, als zwei Knaben aus einer Einfamilienhaussiedlung verschwanden. Sie waren zwölf und vierzehn Jahre alt und hießen Kerian und Spal. Es hieß, die Mutter der Kinder sei an der Entführung beteiligt gewesen. Ob dies den Tatsachen entsprach oder nicht, wurde nie geklärt. Jedenfalls setzten die polizeilichen Ermittlungen erst Monate nach dem Verschwinden ein – allein dies schon wurde von verschiedenen, zumeist aber unseriösen Quellen als ein deutliches Zeichen dafür gewertet, dass die Mutter in die Angelegenheit verwickelt sein musste. Einige Zeit später galten die Knaben dann plötzlich als tot, die Polizei ermittelte aufgrund verschiedener Hinweise nicht mehr wegen Entführung, sondern wegen Mord, obwohl vorerst keine Leichen gefunden wurden. Einmal hieß es, die Knaben seien in einem bewaldeten Talboden verschwunden, einmal, sie sollen in der Nähe der nordostfranzösischen Stadt Metz in eine Neuüberbauung einbetoniert worden sein. Getragen wurden die Gerüchte von verschiedenster Seite, hauptsächlich aber von arbeitslosen Alkoholikern und Hundehaltern. Dem jedoch standen Hinweise gegenüber, dass der jüngere der beiden Knaben, Kerian, verschiedentlich in pädophilen Lokalen in Berlin aufgetaucht sei. Es wurde gar gemunkelt, der Knabe sei für pornografische Zwecke missbraucht worden.

Harald Töner, ein Berliner Autor, der über Knaben schrieb, und Lehr trafen sich im Luv an der Levetzowstraße, drei Gehminuten vom S-Bahnhof Hansastraße entfernt. Es regnete heftig und die Nacht war schwarz. Als Lehr das Lokal betrat, glaubte er zunächst, in eine schummrige Alphütte einzutreten, so schlug ihm das Holz entgegen, von überall her, Holz und dumpfes Rotlicht. Die Musik war schmalzig, ein wenig Rock, ein wenig Deutsch. Einige Männer standen an der Theke, Knaben konnte Lehr im dichten Zigarettenrauch vorerst keine erkennen. Nie zuvor war Lehr in einem solchen Lokal gewesen. Er fühlte sich nicht gut. Töner saß an einem kleinen Tischchen. Er winkte Lehr zu sich, begrüßte ihn weltmännisch, hob die Stimme, legte Gesten an. Seine Glatze glänzte. Hinter Töners Tisch befand sich ein Durchgang zu einem zweiten Raum. Und da sah nun Lehr in noch dichterem Rauch und bei noch trüberem Licht die Gesichter von Knaben, vierzehn- und fünfzehnjährig etwa. Töner aber holte zu einem Diskurs über Literatur aus, band Lehr, der plötzlich diesen blonden Knaben an der Theke sitzen sah, in seine Rede ein und sagte, als er bemerkte, dass Lehr zunehmend unruhig wurde und dem Gespräch kaum mehr folgte, sagte, begleitet von einem süffisanten Lächeln: »Der da?... ist zwölf, ein Pole – wenn du den willst, musst du jetzt ran, der ist gleich weg.« Und tatsächlich, kaum gesagt, trat ein alter Mann ein, groß und elegant, und setzte sich neben den Jungen an die Bar.

Schon bald warf der Alte mit Geldscheinen um sich, seine Hände waren unruhig und nach wenigen Minuten verschwanden die beiden. Töner lachte und sagte: »Siehste, weg!« Und wieder lachte er und dann sagte er, dass die Frau seines Verlegers der Meinung sei, er, Töner, hätte den Nobelpreis für Literatur verdient.

Es mag dieser Abend im Luv gewesen sein, der später zu allerhand Verstrickungen führte. Lehr war die Ähnlichkeit des Polenjungen mit Kerian sogleich aufgefallen. Kerian galt als vermisst. Lehr erinnerte sich, als er das Maul Töners Sätze über Baudelaire bauen sah, an Kerian, wie er Fagott spielte, im tiefen Gras neben der Brücke. »Aber du bist ja gar nicht bei der Sache«, lachte Töner, »du trauerst dem Polenjungen nach, nicht? Von diesem Polenjungen gibts irre Fotos, also sei nicht traurig. Vielleicht kommt er nächste Woche wieder – nach vier, fünf Tagen werfen die Herren ihre Jungs raus. Dann tauchen sie hier wieder auf. So ist das.« Dann wandte er sich auf die andere Seite, bestellte ein nächstes Bier und fuhr mit seinen Betrachtungen fort. Plötzlich unterbrach er seine literarischen Ausführungen und sagte mit weinerlicher Stimme: »Weißt du, was der Alte von unserem Jungen will, weißt du das?... ekelhaft!«

Der Polenjunge aber tauchte nicht mehr auf. Das Lokal wurde eine Woche nach Lehrs Besuch gestürmt und polizeirechtlich geschlossen. Die Knaben, die da saßen, wurden nach Polen zurückgeschoben, die Besucher festgenommen, ihre Wohnungen durchsucht. Töner erzählte dies Lehr ein halbes Jahr später. Er sagte: »Du hast Glück gehabt.« Wieder lachte er. Töner selber war am Abend der Stürmung nicht im Luv. Er saß nämlich in Neukölln in der Herzeburgerstraße im Marocco, einer anderen Knabenkneipe.

Später, als ihn die Gerüchte über den Knabenmord und seine mögliche Verwicklung immer mehr bedrohten, kam in Lehr der Gedanke hoch, in jener Nacht des späten Februars in jener Bar in

Berlin, in welcher junge Knaben, vor allem solche aus Polen, ihren erst kürzlich gereiften Körper zum Verkehr anboten, in jener Nacht also sei er nicht bloß dem Irrtum, Kerian sei in der Berliner Knabenszene aufgetaucht, auf die Spur gekommen, vielmehr könnte auch sein eigener Besuch in dieser Bar aufgefallen sein. Und dieser Besuch musste offenbar falsch verstanden worden sein und vielleicht gar zu einer fatalen Verwechslung geführt haben.
»Es sind Gerüchte, ich weiß«, sagte der Rektor. »Es ist nichts bewiesen«, sagte der Rektor. »Trotzdem«, sagte der Rektor, »trotzdem.« Lehr verließ die Schule. Die Vergangenheit eines anderen hatte ihn eingeholt und vermehrte die Unwissenheit in und um ihn. Mögen Knaben ein Problem sein, ein Problem jenes anderen Lehrers (weshalb eigentlich *Lehrer*?). Kann ihm doch egal sein, vollkommen egal, denn in ihm brennt ein Feuer und klafft eine Wunde und liegt ein Mord: Maria! Am Fischteich neben dem Physiktrakt hielten sich die Gerüchte um den Knabenmord noch einige Zeit, um dann von den neuen Gerüchten über den Selbstmord des Lehrers abgelöst zu werden. Jenes anderen Lehrers. Gemäß den Gerüchten soll sich ein ehemaliger Lehrer aus der Region in einer schäbigen Absteige im Osten Berlins mit Tabletten umgebracht haben. Zunächst wurde von Aids gesprochen, dann hieß es, er habe mit Knaben Unzucht getrieben. Einem bevorstehenden Prozess habe er aus dem Weg gehen wollen. Dieser Lehrer soll tatsächlich auch einmal an Lehrs Schule unterrichtet haben, für zwei Semester nur. Mit Lehr aber hat dieser Fall nichts zu tun, schon gar nicht handelte es sich beim Suizidanten um einen Bekannten Lehrs und noch weniger liegt Identität vor. Der Rektor beließ es anlässlich der allwöchentlichen Konferenz bei einem kurzen Hinweis auf das Ableben und er betonte, dass der Suizidant mit dem erst kürzlich aus den Schuldiensten ausgetretenen Lehr in keiner Verbindung stünde.

Nach den angeblichen Pornofotos von Kerian fahndete die Polizei vergeblich. Es ist nicht auszuschließen, dass es diese Fotos niemals gegeben hat und dass Augenzeugen in jenem Polenjungen, der sich für einige Zeit in Berlins Szenenbars aufgehalten hatte und der in dieser Zeit wohl unzählige Male nackt fotografiert worden war, Kerian gesehen haben wollen. Nach der Stürmung jenes Lokals im Februar des Jahres 1993 wurde auch die Spur eines Besuchers verfolgt, die über verschiedene Stationen in ein unauffälliges Reihenhaus eines Ingenieurs an den Rand von Zürich führte, wo fünf Jahre nach der Stürmung gegen achthundert Videokassetten sichergestellt werden konnten. Es fanden sich auf diesen Kassetten zwar keine Gewalt, aber doch alle erdenklichen Perversitäten, zu welchen man Kinder mit Geld verleiten kann. Kerian aber war auch da nicht zu finden – es waren ausnahmslos nackte Mädchen abgefilmt, viele von ihnen noch keine zehn Jahre alt.

Es ist Frühling nun. Ein windiger, regnerischer Tag. Lehr korrigiert Texte, alte Texte, Texte, die er schon mehrmals korrigiert hat. Er ärgert sich. Er windet sich. Das Telefon schrillt. Er hebt ab. Töner aus Berlin.

»Rate, was ich in meiner linken Hand halte«, lacht Töner.

»Weiß ich das?«, so Lehr widerwillig.

»Komm schon, na?… na ja, es sind zwei junge Türken bei mir, dreizehn beide… wir haben uns einen Porno angeschaut – und die sind ganz schön scharf geworden, meine Hände sind noch feucht… der eine in meine linke Hand, der andere in meine rechte…«

Drei Tage später lag im Kasten Lehrs ein Kuvert. Darin befand sich das Foto eines Knaben. Eine Erregung zwischen den Beinen, ein Lachen im Gesicht. Töner schrieb auf die Hinterseite: *Das ist nun schon mein zweiunddreißigster Knabe in diesem Jahr.*

In jener Nacht im Luv, nachdem der Polenjunge fort war, tauchte aus dem hinteren, mit Zigaretten- und Haschrauch vernebelten Raum eine Knabengestalt auf. Sie lächelte sich einen Weg auf Lehr zu, sie schwankte, ihre Hand streifte Lehr über den Kopf, sie sang arabisch und flüsterte gebrochen, *du lieben*, schwankte zur Tür, wand sich noch einmal, lächelte und träumte in den Augen. »Da, der will dich«, sagte Töner zu Lehr, »du gefällst ihm, geh schon, der lässt sich einen blasen!« Und dann lachte er wieder. Der Knabe stieß die Tür mit Mühe auf, nasskalter Nachtwind glitt ins Lokal, brachte eine flüchtige Bewegung in die Rauchschwarten, und durch die Öffnung der sich langsam wieder schließenden Tür sah Lehr, wie die Gestalt in den künstlich beleuchteten Regen trat, über die glänzende Straße schwankte und sich dort auflöste. Töner sah die Trauer in Lehrs Gesicht. »Komm schon, da hast du nichts verpasst«, tröstete er Lehr. »Der war mal wunderschön, vor einem halben Jahr noch. Ein Libanese.« Nun sei er aber seit drei Monaten auf Heroin. Er habe ihm das Heroin ausreden wollen, so Töner. Er habe dem Knaben angeboten, bei ihm, Töner, zu leben. Dann habe er sich aber mehrmals verweigert, geschrien, bis die Leute im Wohnhaus es gehört hätten, und schließlich habe er auch noch geklaut. Da habe er ihn rausgeschmissen. Nun sei er so weit gefallen, »du hast es ja gesehen, vollkommen vernebelt – schade«, fügte Töner bei. »Sehr schade«.

Gegen ein Uhr waren alle Knaben weg. Nichts mehr ließ auf einen Knabenumschlagplatz schließen. Männer, trunken und einsam, auch einige Frauen standen und saßen rauchend, tranken Bier, einfache Wortabfolgen wurden variiert, manchmal schrie einer. Andere verloren jeden Bezug und ertranken in sich selbst. Der Boden sank ab, nur das Holz an Wänden und Tischen und Türen blieb und darauf Käfer und Fett und einige Bilder mit nackten Männern. Keine Knaben. Lehr erhob sich, schwankte nun auch – das vierte Bier in seinen Kanälen – und fand die Tür zur Toilette. Pisse lag überall. Knaben waren auch hier keine mehr.

Längst mussten sie anderswo ihre Säfte lassen. Als Lehr zurückkehrte, fand er Töner nachdenklich vor. »Stell dir vor«, sagte er, »stell dir vor, was der kleine Pole jetzt muss! ... ekelhaft, am liebsten würd ich diese alte Sau erwürgen«, und Töner lachte nicht mehr. Er weinte wie ein kleiner Bub.

Ein Jahr später, Lehr war längst Opfer fataler Vermutungen und Verwechslungen geworden, sprach Töner auf das Band des Telefonbeantworters. Er sei in Basel und fahre über Straßburg zurück. Vielleicht könne man sich treffen. Lehr hörte ihn sprechen und ließ den Hörer liegen. Drei Stunden später war es wieder Töner, der sich bei Lehr auf Band meldete. Er gab die Adresse seines Hotels bekannt und sagte, er habe schönes Material dabei. »Aus dem Medium-Verlag, du verstehst.« Wieder ließ Lehr den Hörer liegen. Ein paar Monate später war es Töner von neuem, der bei Lehr aufs Band sprach. Diesmal lautete die Mitteilung, er, Töner, sei am Bahnhof in Straßburg. In wenigen Minuten fahre sein Zug zurück nach Berlin. Er habe ihm – Lehr – bloß mitteilen wollen, dass er hier gewesen sei. Ein lang gezogenes Tschüss war das letzte, was Lehr von Töner hörte. Erst später einmal dachte Lehr daran, dass es vielleicht Töner war, der ihn auf hinterhältige und irreführende Weise bei entscheidenden Stellen und Personen und bis in die niedersächsische Lokalpresse in falsche Verstrickungen geführt habe. *Ich liebe Maria, ich liebe Maria, schon längst und über alles.* Das schrie der andere Lehr, Leer eben, in die Neuüberbauung hinein. Er wird für einen Mord büßen, mit dem er nichts zu tun hat.

METZ

Mellenborn ist eine kleine Stadt im Gelände draußen, zersiedelt der Rand, überbaut das Zentrum. Es liegt in der Grenzregion und ist von Metz und von Saarbrücken aus schnell erreichbar. Diese schnelle Erreichbarkeit ist ein wesentliches Merkmal Mellenborns. Im Übrigen geht von Mellenborn keine Bedeutung aus, die überregional wäre. Mellenborn steht für das Regionale und für die Verbindungen nach Metz und Saarbrücken. Abseits der Stadt auf einem kleinen Rebberg aber steht seit über hundert Jahren eine psychiatrische Klinik. Zunächst war es ein Sanatorium, das in den Fünfziger Jahren von der Universität Saarbrücken als hauseigene Klinik übernommen wurde. Seit ein paar Jahren sind die Universitäten Saarbrücken und Metz zu gleichen Teilen an der Klinikleitung beteiligt. In der Eingangshalle sitzt die meiste Zeit ein Patient, der allen Ein- und Austretenden ein Feuerzeug verkaufen will. Das Gebäude ist quadratisch und weist einen großzügigen Innenhof auf, wo die Patienten nachmittags spazieren können. Es trafen sich die beiden Freunde wieder kurz nach Studienabschluss, als sie sich die Türklinke zur Eingangshalle der psychiatrischen Universitätsklinik in Mellenborn in die Hand reichten. Lehr hinaus, Ferrer hinein. Sie staunten. Vom kleinen See her wehte ein kleiner Wind. Lehr trug künstliches Haar und war adrett gekleidet. Ferrer sagte: »Ich möchte nicht aufdringlich werden, aber wo sind deine Schuppen geblieben?« Lehr: »Welche Schuppen?« Ferrer: »Du erinnerst dich nicht? Immer nach den Vorlesungen musste dir dein Bruder die Schuppen aus dem Bart kratzen!?« Lehr: »Welcher Bart, welcher Bruder? Ich heiße Morschul und komme aus dem Osten.« Ferrer: »Sehr witzig.« Und in diesem Augenblick fuhr eine kleiner bunter Renault heran und aus ihm stieg Doktor Bandler, die Verhaltenspsychologin. »Hallo, Bandler«, rief Ferrer. »Hallo, Ferrer«, rief Bandler. »Das ist mein Freund Morschul«, sagte Ferrer zu Bandler, mit der Hand auf Lehr weisend. »Hallo, Morschul«, erwiderte Bandler. Später gingen die drei in die Stadt und tranken Wein. Ein halbes Jahr später mieteten sie sich in einer

Vierzimmerwohnung im Zentrum von Metz ein. Es sollte für alle drei eine schöne, wenngleich auch sehr kurze Zeit werden. Bandler bekam eine Assistenzstelle an der Uni zu Metz, Ferrer feierte mit seinem dritten Roman seinen dritten Erfolg und Lehr unterrichtete an einer nahe gelegenen Klosterschule Französisch. Aber es war auch die Zeit, da Lehr von Gerüchten verfolgt wurde und da es schließlich keine andere Lösung gab als den Wegzug an den Stadtrand.

Es war ein Tag im Winter und es standen fünf Weingläser auf dem Küchentisch. Lehr hätte die Küche putzen müssen, aber diese fünf Weingläser, von welchen er selbst keines benutzt hatte, diese fünf Gläser blockierten ihn und sein Vorhaben. Mit letzten Energien hatte er sich aus dem Zimmer und dann durch den Korridor geschleppt. In der Küche angekommen aber verlor Lehr alle Kraft, als sein Blick auf die fünf Weingläser fiel. Er stieß die Türe auf und sah dann die Gläser und alles brach zusammen. Er konnte nicht mehr. Die Blockade ging gar so weit, dass Lehr nicht einmal mehr Worte fand für Vorwürfe und Anschuldigungen, nicht einmal innerlich fand er Worte. Er sah sich diesen fünf Weingläsern ganz und gar sprachlos ausgesetzt. Abends beim gemeinsamen Brot bat Lehr um eine Fristerstreckung. Er fühle sich ganz und gar elend, es sei höchste Zeit, dass es Freitag werde und er wieder in die Klinik gehen könne, so sagte er. Mit der Fristerstreckung waren Bandler und Ferrer einverstanden.

Ferrer und Lehr waren Gewerblerkinder. Und später konnte man an ihnen die typischen Gewerblerschäden ablesen. Beide versuchten sich mit einem Sprung in die Depression zu retten. Aber da wurden ihnen dann Tabletten verabreicht, die es nicht zuließen, die Schwere und die Süße einer Depression auszukosten. Nun waren sie beide in einem Depressionsprogramm gelandet, das von Sandra Bandler geleitet wurde. Natürlich war das gemeinsame

Wohnverhältnis von Bandler mit zwei ihrer Patienten unzulässig, aber da Bandler die direkte Betreuung von Ferrer und Lehr einer anderen Psychologin übertrug, wurden gegen dieses private Wohnverhältnis vonseiten der Klinik keine Einsprachen erhoben. In der folgenden Zeit verloren sich sämtliche Freunde von Lehr und Ferrer, und Bandler wiederum hatte Mühe, Lehr und Ferrer in ihre Kreise einzuführen, denn immer weniger wussten sich Lehr und Ferrer zu benehmen. »Ihr könnt euch nicht benehmen«, sagte Bandler jeweils abends. Oder auch: »Benehmt euch jetzt doch!« Oder: »Ihr habt wirklich kein Benehmen!« Lehr und Ferrer beharrten jedoch darauf, ein Benehmen zu haben. Sie sagten: »Wir haben ein Benehmen! Wir benehmen uns ständig!« Bandler aber sagte: »Nein, Ferrer, nein, Lehr, ihr benehmt euch nicht. Schaut doch, wie ihr alle Freunde durch euer Benehmen, das eben kein Benehmen ist, vertreibt! Ihr müsst euch nicht wundern bei diesem Benehmen, dass ihre alle Freunde vertreibt, wirklich nicht wundern!« Ferrer und Lehr aber sagten, dass sie sich im Gegenteil sehr wunderten, denn sie hätten ein Benehmen, sie selbst, Bandler, habe das ja bestätigt, aber es sei ein Benehmen, das die Freunde vertreibe. Ein Benehmen aber, das die Freunde vertreibe, sei genauso ein Benehmen wie jedes andere Benehmen ein Benehmen sei, und der Umstand, dass sich alle Freunde vertreiben ließen, zeige ja gerade, dass sie ein Benehmen hätten. Bandler aber sagte: »Nein, ihr habt kein Benehmen und ihr versucht euch jetzt in ein Sprachspiel zu retten, aber darum geht es nicht. Natürlich habt ihr ein Benehmen«, sagte sie, »aber eben ein schlechtes, und ein schlechtes Benehmen bedeutet nach allgemeinem Sprachgebrauch eben kein Benehmen!« Ferrer und Lehr schrien darauf laut: »Hör auf, wir sind depressiv! Gegenüber Depressiven soll man sich – und das weißt du ganz genau, Sandra – soll man sich nicht so benehmen. Gerade die Depressiven brauchen ein ganz bestimmtes

Benehmen, und wenn uns alle unsere Freunde verlassen, so nicht deshalb, weil wir kein Benehmen hätten, sondern weil wir das ganz typisch depressive Benehmen haben. Und wir machen ihnen keinen Vorwurf, dass sie mit einem depressiven Benehmen nicht umzugehen und sich ihrerseits also gegenüber einem depressiven Benehmen nicht zu benehmen wissen oder – wie du, Sandra, sagst – eben nur schlecht zu benehmen wissen und ihre Freunde verlassen. Wir machen ihnen keinen Vorwurf, wir sind nämlich vielmehr froh, dass dieses Pack abgehauen ist. Es hat sich nämlich herausgestellt, dass es ein langweiliges Pack war, unsere Freunde, gerade durch die Depression und nur durch die Depression hat sich das herausgestellt. Es geht ja gar nicht um unser Benehmen, Bandler, es geht um die Depression und darum, dass sich unsere Freunde als langweiliges Pack herausgestellt haben. Die Depression hat uns die Schönfilter und die Weichzeichner weggeschlagen und wir haben dann die Wahrheit gesehen, nämlich, dass all unsere Freunde ein langweiliges Pack sind. Wir haben gesehen, dass sie ein Benehmen haben, aber wir haben gesehen, was für eines, nämlich ein langweiliges und auszehrendes, denn immer kamen sie und zehrten uns aus, immer nur mussten wir geben, Bandler, es war ein großes Geben gegenüber all diesen Freunden, die nun abgehauen sind, es war immer nur ein Geben und es war kein Nehmen, Bandler, überhaupt kein Nehmen, und wenn du immer gibst, Bandler, so lieben die Freunde dich, wenn du aber nicht gibst, so stellen sich die Freunde als langweiliges Pack heraus, das bloß darauf wartet, dass du ihnen gibst. Wenn du ihnen aber nicht gibst, dann sagen sie, du hättest kein Benehmen, weil sie nämlich nichts bekommen – und du, Bandler, du übernimmst nun noch diese Sicht, anstatt uns zu verstehen und zu stärken und zu sagen, wir hätten ein depressives Benehmen, das möchten wir nämlich bloß, dass du uns sagst, wir hätten ein depressives Benehmen und noch lieber ein

typisch depressives Benehmen, und nicht, dass du sagst, wir hätten kein Benehmen, weil wir nämlich eines haben, was du ja selbst zugegeben hast, und zwar eines, das all unsere Freunde vertreibt.«
Der Freitag war Kliniktag bei Lehr, der Dienstag bei Ferrer. Wenn Lehr mit seiner Citroën DS nach Mellenborn in die Klinik fuhr, so geschah dies zumeist in einem deliriumsähnlichen Zustand. Besessen vom Gedanken, er könne auch bloß eine Minute zu spät bei Frau Professor Plasson eintreffen, raste er wie ein Krimineller. Er touchierte Mauern, rammte Stoßstangen und riss manchmal auch Seitenspiegel von seitlich parkierten Personenwagen älteren Jahrgangs mit. Niemals wäre er auf die Idee gekommen, nach einem solchen Zwischenfall anzuhalten. Schon allein deshalb hielt er nicht an, weil er sich im Unklaren war darüber, ob das, was geschehen war, wirklich geschehen war.
Einmal war Ferrers Mutter zu Gast und alles, was sie tat, war dreimal übertrieben. Vor allem ihre Rührung war grenzenlos und sie weinte schon, bevor sie den ersten Schluck Rotwein genommen hatte. Ferrer wollte Lehr aus solchen Veranstaltungen möglichst heraushalten. Er sagte:»Nimm noch aus der Küche, wenn du etwas brauchst, nimm noch ein Joghurt oder etwas, nachher sind wir drin.« Er sagte:»Du weißt, allein schon die Rührungen meiner Mutter ertrage ich kaum. Muss ich aber noch dein Gesicht sehen, Lehr, sehen, wie du dich an diesen Rührungen ergötzt und sie benutzt, um aus deinen Depressionen hochzukommen, dann wird es für mich unerträglich, Lehr. Deshalb, Lehr, ich sage es offen heraus, deshalb wäre es mir lieber, du kämest nicht hinein in der Zeit, da wir in der Küche sind, Lehr, es wäre mir ausgesprochen lieber.« Lehr hielt sich an diese Bitte. Ein anderes Mal war Bandlers Mutter zu Gast. Lehr lag in seinem Zimmer. Er war vor Stunden heimgekehrt und es hatte ihn, noch in den schwarzen Wintermantel gehüllt und in den schwarzen Winterschuhen steckend,

geradeaus aufs Bett geschlagen. Dort also hatte er drei Stunden regungslos gelegen, bevor er seltsame Töne vernahm. Wie ein Winseln hörte es sich an, wie das Stöhnen eines Kehlkopflosen. Lehr dachte: »Was ist das wohl?«, und er lauschte genauer hin. Er hörte nun ganz deutlich *uja, uja* und immer wieder das. Musste Bandler weinen? Hatte Ferrer sie verletzt? Waren Säuglinge im Haus, Tiere? Lehr erhob sich und öffnete ganz sachte seine Zimmertür. Er spähte, den Körper verdeckt haltend, in den Korridor hinaus. Da sah er am andern Ende die Mutter Bandlers singen. Aus Ferrers Zimmer aber erklang, in dezenter Lautstärke, der Messias von Händel. Was war geschehen? Als *halleluja* ertönte, muss es die Mutter in der Küche nicht mehr ausgehalten haben. Sie verstand es offenbar als persönliche Aufforderung und begab sich fast tänzelnd in den Korridor, wo sie ein Stück näher bei den Lautsprechern war, und sie sang mit, sang *uja*, immer dann, wenn der Chor schon das ganze Wort *halleluja* hinter sich gebracht hatte, dann sang sie noch solo *uja* hinterher. Einige verdächtige Geräusche aus der Küche jedoch ließen Lehr vermuten, dass Ferrer kurz vor einem offenen Lachanfall stehen musste, und später, als die Mutter weg war, da führte der Gesang der Mutter und Ferrers nur mit verdächtigen Geräuschen unterdrückter Lachanfall zu einem großen Streit zwischen Bandler und Ferrer. Nachts um halb zwölf noch tänzelten Lehr und Ferrer im Korridor auf und ab und sangen *uja*. Es war ihnen beiden seit Wochen nicht mehr so gut gegangen. Bandler aber lag mit rotem Kopf im Bett und weinte.

Am Ende der gemeinsamen Wochen in der Metzener Altstadt fuhren Bandler, Ferrer und Lehr einmal nach Hamburg ins Schauspielhaus. Dort wurde ein Stück gegeben, in welchem Ferrers Tante Helga eine Rolle hatte. Ferrer wollte sich versöhnen. Aber er konnte seine Tante nicht sehen, bloß wieder Helgas Fotze. Die lag nämlich in der zweiten Spielhälfte in einer geöffneten Schublade, dem Publikum zur Schau gestellt. Sagen musste die Tante gar nichts. Das Gesicht und der Oberkörper blieben im Innern des Schranks verborgen. Die gespreizten Beine hingen über den Schubladenrand. So hatte sich das die Regie ausgedacht. Und wäre der Name Helgas nicht auf dem Programm gestanden, so hätte Ferrer seine Tante kaum wieder erkannt. Diese Wiederbegegnung aber warf Ferrer in seiner Entwicklung weit zurück und er sagte, als er am darauffolgenden Dienstag wieder in der Klinik war: »Jetzt kann ich wieder von neuem beginnen.«

Wenn es ganz schlecht ging, dann hörten Ferrer und Lehr ABBA. Mit ABBA, so die beiden, wäre es ihnen möglich sich auszuweinen. Es werde so vieles wahr in ihnen und es auferstünden für Augenblicke die großen Gefühle, der Retterinstinkt. Für Bandler aber wurde es zum Horror. *The winner takes it all* erklang am einen Ende des Korridors, am anderen *The day before you came*. Dazwischen ein Leben zu führen, das wurde für Bandler mehr und mehr unmöglich. Einmal schrie sie laut auf. Ferrer und Lehr kamen mit tränenden Augen aus ihren Zimmern und schauten verwirrt. Man einigte sich sodann darauf, dass Lehr und Ferrer täglich zwanzig Minuten ABBA in gebührender Lautstärke hören dürften. Im Gegenzug sollte es Bandler erlaubt sein, den roten Teppich, den sie vor Monaten hatte wegräumen müssen, wieder im gemeinsamen Wohn- und Arbeitszimmer auszubreiten. Von Lehr und Ferrer war dies ein großes Entgegenkommen, denn im Grunde fürchteten sich beide vor nichts so sehr wie vor diesem Teppich. Es war dieser Teppich, der mit seiner dunkelroten Sonntagsschwere nicht nur den ganzen Raum auffraß, er fraß auch die letzten Energien der zwei Depressiven weg und er raubte ihnen letztendlich jeden Willen. Lehr sagte: »Ich will nichts vorspielen, ich nehme mich zusammen und gehe mit dem Staubsauger auf den Teppich los, weil ich mit dem Putzen an der Reihe bin. Ich gehe also mit dem Staubsauger auf ihn los und nach wenigen Sekunden schon spüre ich, wie meine Arme lahm werden, wie sie abfallen, wie plötzlich alles fällt.« Bandler ihrerseits hing zäh an diesem Teppich, und als er vor Monaten weggeräumt worden war, da war ihr dies als persönliche Niederlage erschienen. Eigentlich war es eine Täuschung gewesen, die zum Verschwinden des Teppichs geführt hatte. Ein Fest wurde gegeben (wer sollte die drei besuchen?), und Ferrer und Lehr argumentierten aus der Teppichperspektive. Sie sagten: »Man sollte ihn wegräumen, Bandler, zu seinem Schutz sollte man ihn hinter die Tür stellen, aufgerollt. Es werden Gläser kippen, Flaschen fallen – und das wäre schade um den Teppich, Bandler, schade wärs.« Bandler war misstrauisch, erklärte sich aber einverstanden, und nach dem Fest (es kamen doch immerhin achtzehn Leute, die ihrerseits aber kaum zusammenfanden) blieb der Teppich hinter der Tür. Lehr und Ferrer hatten Gründe dafür gefunden.

Einmal war eine Stimme auf Lehrs Telefonbeantworter. Sie sagte: »Du erkennst mich vielleicht gar nicht«. Sie sagte: »Ich habe an dich gedacht.« Sie sagte: »Vielleicht nervt es dich.« Lehr wusste nicht, wem die Stimme gehörte, er wusste einzig, dass Maria tot war. Und dass er nicht mehr eingeholt werden wollte, das wusste er auch. Aber in den folgenden Nächten fand er keinen Schlaf. Und bald schon schrie er auf im Traum. *An den Stadtrand! Fort, aus dem Zentrum! Man soll mich nicht finden!* Ganz laut schrie er Nacht für Nacht. Bandler und Ferrer hielten es mit der Zeit nicht mehr aus. Und schließlich zogen sie dann wirklich fort, in eine Neuüberbauung an den Stadtrand von Metz. Da aber standen die Figuren bereit, der Jurist, die Eltern, die Figuren aus einer anderen Geschichte, eine Geschichte, die Lehr um jeden Preis – so schien es – zu ihrem Protagonisten machen wollte. Keine Ruhe ließ ihm das Romanpersonal, Lehr sollte da auftreten, man zwang ihn, Lehr, der doch immer nur schreien konnte: »Verwechslung!«

Natürlich wurde der Urzustand verändert, natürlich kamen Möbel in die Wohnung. Letztlich war es Lehr selbst, der eigenhändig ein Zweiersofa in die Wohnung hinein und dann durch den Korridor und in sein Zimmer zerrte. Aber Lehr, man muss es sagen, Lehr war längst nicht mehr zurechnungsfähig, zumindest in bestimmten Phasen ging ihm jede Selbst- und Weltwahrnehmung ab. Niemals sonst hätte er ein Zweiersofa in die Wohnung gezerrt. Entlang den Klinikwänden hängen Bergbilder. Ferrer sagt, diese Bergbilder täten ihm gut. Für Lehr hingegen sind Bergbilder eine Katastrophe. Zu Ferrer sagt er: »Ich kann nicht begreifen, wie diese Bergbilder dir gut tun, wo du doch ein Bergwandertrauma aus deiner Jugendzeit mit dir herumträgst. Ich trage auch ein Bergwandertrauma mit mir herum, aber mir tun diese Bilder ja auch nicht gut!« Ferrer entgegnet: »Gerade diese Bergbilder ermöglichen es mir, das Bergwandertrauma abzutragen. Es sind nicht Meerbilder oder Weidenbilder, die bei mir das Bergwandertrauma abbauen, nur Bergbilder können das Bergwandertrauma abtragen in mir!« Lehr sagt: »Bergbilder bauen bei mir das Bergwandertrauma nicht ab, sondern überhöhen es, ich kann nur Meerbilder und Weidenbilder ertragen und ich merke, dass Meer- und Weidenbilder das Bergwandertrauma abbauen könnten, aber hier in Mellenborn« – sie schreiten gerade gemeinsam (Ferrers Termin war für einmal auf Freitag verlegt worden) durch die Hallen – »hier in Mellenborn hängen ausschließlich Bergbilder.« Was Lehr aber hier in Mellenborn hält, ist die Ruhe im Innenhof. Es ist eine klinische Ruhe, die durch den klinischen Lärm, der vereinzelt aufkommen kann, nicht gestört wird. »Den klinischen Lärm«, so Lehr, »höre ich hier im Innenhof als klinische Ruhe. Ich habe in dieser Ruhe das Gefühl, dass ich außerhalb nichts mehr zu tun habe, verstehst du, Ferrer? Einfach nichts mehr zu tun.« Ferrer sagt, dass er die klinische Ruhe des Innenhofes auch wahrnehme, dass diese Ruhe ihn aber hinabstoße. Höre er die Ruhe, so fühle er sich augenblicklich krank, mehr noch, er spüre eine Krankheit in sich, aus der es kein Ausbrechen mehr gäbe. Wenn er diese Ruhe im Innenhof höre, so müsse er sich augenblicklich sagen, *so weit ist es also gekommen mit dir*, das müsse er zu sich selbst sagen, wenn er diese Ruhe höre, und er meine dieses *so weit ist es also gekommen* durchaus im Sinne von *so weit bist du also gefallen*. Er schäme sich gerade auch gegenüber seiner Mutter, die doch eine tätige Frau immer noch sei, und er sei hier im Innenhof und lasse sich behandeln! Wenn er sich das so überlege, dann könne er nichts anderes als eine Scham verspüren in sich, er sehe dann diese Ruhe im Innenhof als eine recht eigentlich gegen seine Mutter gerichtete Ruhe, als eine Ruhe, hinter der das erstickte Singen der Mutter lagere. Lehr aber sagt: »Bei mir ist es anders, es ist die Ruhe des Innenhofes, die mich die Rechnungen aus der Klinik an meine Mutter schicken lässt.« So gehen die Gespräche zwischen Lehr und Ferrer, und wenn sie durch den Innenhof geschritten sind, so trennen sie sich beim Wiedereintritt ins Gebäude, denn hier beginnt das Tablettarium und da müssen sie getrennte Wege gehen. Ferrer hat den sanften Weg gewählt und er muss bloß in die erste Halle, wo die leichte Medizin in kleinen Dosen in Schränken lagert. Lehr hingegen geht den harten Weg in die hinterste Halle zu Frau Professor Germaine Plasson, der Vorsteherin des Tablettariums.

In der hintersten Halle liegt die harte Medizin in riesigen Haufen und Frau Professor Plasson sitzt auf einem kleinen Home-Bagger und führt die Schaufel. Sie greift mit der Schaufel in die Medizinhaufen, die sie für den jeweiligen Patienten als geeignet erachtet, füllt die Schaufel, wendet wieder zur Mitte der Halle, wo der Patient mit nach oben aufgesperrtem Maul in einem Stuhl sitzt, und sie wirft die Medizin dann über dem Patienten aus. Selber, so Frau Professor Germaine Plasson, selber könne sie eine einzige Tablette nicht einmal anschauen – und deshalb arbeitet sie mit verbundenen Augen und rein nach Gefühl. Die Patienten im Allgemeinen, besonders auch Lehr, gehen gerne zu Frau Professor Plasson, weil sie ein schönes Gemüt hat und während der Arbeit in die Halle hinaus lacht. So vergibt man ihr gerne, wenn sie einmal in den falschen Haufen greift oder wenn sie zu große Ladungen über einem abwirft, ja, selbst wenn sie (was wirklich selten vorkommt) einem mit der Schaufel einen Schlag an den Kopf versetzt – aus Versehen. Aber genau diese Versehen sind es, die die Patienten schließlich fröhlich stimmen und zum Lachen bringen. Zu Ferrer sagte Lehr:»Dir fehlt das Lachen aus der hintersten Halle. Genau dieses spezifisch in der hintersten Halle mit auf den Weg gegebene Lachen fehlt dir.« Ferrer aber sagte:»Ich höre zu Hause wenig von diesem Lachen, Lehr, ich weiß nicht einmal, wie es klingt. Im Prinzip habe ich dich noch gar nie lachen gehört – es sei denn, meine Mutter käme zu Besuch. Aber das ist kein Lachen, Lehr, das ist etwas anderes.« Ferrer blieb in der ersten Halle. Bandler ihrerseits war keine Gegnerin von Tabletten. Trotzdem musste sie manchmal den Kopf schütteln, wenn Lehr von seinen Erlebnissen im Tablettarium erzählte. Sie mahnte ihn, die Entscheidungen nicht aus der Hand zu geben, Herr über die Medikamente zu bleiben.»Eine Lösung sind die Tabletten nicht«, pflegte sie zu sagen,»aber eine Übergangslösung. Sie helfen dir, Lehr, Lösungen überhaupt erst anzugehen. Sie machen dich wieder entscheidungsfähig, Lehr, sie verhindern schlimmste Abstürze. Aber pumpe dich nicht voll, Lehr, versuche, die Mixturen zu überblicken, autogenes Training, Lehr, Schlafübungen, du verstehst mich.« – »Aber Bandler«, entgegnete Lehr, »ich nehme nicht einfach nur Tabletten. Ich arbeite an mir. Ich gehe zu Frau Charkeminski.«

Einmal traten Bandler und Lehr gleichzeitig aus ihren Zimmern und wollten in die Küche. Sie stießen die Tür gemeinsam auf und dann sahen sie Ferrer auf allen vieren am Boden mit einem Putzlappen. Sie mussten augenblicklich beide lachen, als sie Ferrer sahen, wie er, auf allen vieren, den Putzlappen vor sich herschob. Ferrer aber fühlte sich unangenehm überrascht. Sofort hatte er eine Erklärung bereit: Es würde der Schmutz viel besser und erst noch mit weniger Aufwand vom Boden sich lösen, wenn der Putzlappen von Hand geführt werde. Lehr und Bandler, für einmal sich einig, verneinten. Es sei geradezu logisch, dass mit einem Schrubber mehr Druck auf den Lappen abgegeben werden könne, wohingegen von Hand sich sämtliche Kräfte aufhöben und verpufften. Nicht einmal im Traum würde es ihnen einfallen, auf allen vieren den Boden aufzuwischen, denn abgesehen von den verpufften Energien würde man sich in dieser Haltung, wie er, Ferrer, sich vor ihnen zeige, geradezu der Lächerlichkeit preisgeben, und, so betonte Lehr dann, und gerade in der Zeit der Depression, wo er ja meistens nur noch flach herumliege, gerade in dieser Zeit wäre es ihm sehr wichtig, zumindest bei der Küchenreinigung nicht auch noch am Boden herumzukriechen. Ferrer spielte den Unbeeindruckten. Drei Wochen später, er war wieder mit dem Reinigen an der Reihe, fegte er den Boden mit dem Schrubber.

Der Korridor war zum zentralen Ort der Begegnung geworden. Für gemeinsame Treffen im Wohnzimmer fehlten Lehr und Ferrer die Kräfte, Bandler hatte nicht die Nerven dazu. Es waren keine ganzen Sätze und auch keine ganzen Wörter mehr, die die drei austauschten. Es waren Silben, phonetische Kleinformen, Mischungen aus Klagen und Lachanfällen. Nur bloß die Metaebenen nicht verlieren, das dachten sie. Verlieren wir die Metaebenen nicht, so sind wir gerettet, verlieren wir sie, so wird der Zustand endgültig. Also blieb eines: sich über sich selbst erheben – oder wenn dies nicht mehr möglich war: über den andern, Lehr über Ferrer, Ferrer über Lehr, Bandler dazwischen, mehr und mehr auf ihr Fachwissen zurückgreifend. Lehr und Ferrer hatten den aufrechten Gang aufgegeben. Lehr kroch auf allen vieren durch den Korridor in sein Badezimmer, Ferrer kroch gleichzeitig aus seinem Badezimmer heraus und weiter ins Wohn- und Arbeitszimmer. Oder aber er kam aus der Küche und kroch in sein Zimmer, während Lehr zur Wohnungstür hereingekrochen kam und dann durch den Korridor auf sein Zimmer zukroch. Manchmal erinnerten sie sich während des Kriechens an den Maler Florini, an den Miniaturkünstler Seudat, an MARSCH. Dann mussten sie lachen. Es war das einzige Lachen, das geblieben war.

Lehr sieht kein Ufer. Er unternimmt alles, damit es ihm wieder besser geht. Es geht ihm aber immer schlechter. Und gleichzeitig sieht er, dass auch Ferrer depressiv geworden ist und dass Bandler mehr und mehr die Nerven fehlen. Die andauernden Verdächtigungen rauben ihm letzte Kräfte. Frau Professor Plasson wirft keine Medizin mehr aus. Sie setzt sich neben ihn und spricht von einer stationären Behandlung. Um keinen Preis aber will sich Lehr stationär behandeln lassen. Um keinen Preis möchte er den Wohnsitz in die Klinik verlegen. Er plant zu verreisen. Zunächst will er in den Süden, nach Kalabrien, in die Heimat Marias, um den wahren Grund seiner Depression zu finden. Er glaubt, dass an eine Heilung allein in Kalabrien zu denken ist. Ferrer und Bandler ihrerseits begrüßen den Gedanken einer baldigen Auflösung des gemeinsamen Wohnverhältnisses. An einem frühen Sonntagmorgen im November steht Lehr auf, geht in die Küche, erblickt einen Zettel. Lehr beginnt zu lesen: »Lieber Lehr, lieber lieber Lehr. Wir vertrauen dir. Du bist kein Mörder. Du liebst Frauen. Du wirst verwechselt. Wir glauben dir. Und was nun, Lehr? Ein Vorschlag: Geh dieser Verwechslung nach, aus eigenem Antrieb, geh, bevor die Polizei da ist. In Freundschaft. Ferrer. Bandler. PS: Falls du Geld brauchst, schreibe unseren Müttern. Wir wissen nicht, wie lange wir noch hier wohnen bleiben.«

IV. Maria

Am 9. Oktober 1996 bekommt Lehr eine Postkarte aus Marokko: *Grüß dich, Lehr, wie gehts? Höfi.* Dahinter ein Herzchen. Wie wurde dieses WIE GEHTS möglich? Woher kommt es? Wohin will es? Nach dem Umfeld soll geforscht werden, ein Umfeld, das ganz und gar kein marokkanisches Umfeld ist, und der Boden untersucht werden, aus welchem diese Frage hervorgehen konnte. Es sollen Spuren jener Reisenden freigelegt werden, die sich im Sandsturm am südlichen Ende einer später noch näher zu bezeichnenden Wüste verirrt haben und auf die man vergeblich warten wird. Hofer, so heißt der Freund Marias. Wie wird aus Hofer Höfi? Höfi war ein Juristensohn, dem immer eine bleiche Wolke vorausging, bevor er selbst auftauchte. Er kam bleich zur Welt und er wurde sodann in dieser Bleichheit durch die Kinder- und Jugendjahre getrieben, bis er unversehens in die bereitstehende Maria hineinstolperte. Maria aber stand gar nicht für Höfi bereit, sondern für einen anderen, und so entsprang die Geschichte einem Unvermögen Höfis, die Zeichen richtig zu deuten. Vielleicht wollte man diesem Umstand Rechnung tragen, als man Hofer Höfi nannte. Vielleicht wollte man mit diesem Diminutiv seine Unfähigkeit, Dinge zu deuten, zum Ausdruck bringen. Wie auch immer, wäre aus Hofer nicht Höfi geworden, so hätte er bei Maria wohl niemals das Mitleid bewirkt, das für eine Verbindung notwendig war. Maria wäre folglich eine freie Maria gewesen und Lehr hätte also um eine freie Maria kämpfen können und dieser Kampf wäre erfolgreich gewesen und niemals wäre irgendeiner auf die Idee gekommen, Lehr wäre ein anderer als eben der, der sein Leben Maria verschrieben hätte, erst noch erfolgreich verschrieben, gerade der Erfolg hätte die Leidenschaft für Maria ins Selbstverständliche gehoben, und niemals wäre Lehr von einer Verwechslung heimgesucht worden, niemals hätte man ihn mit zwei Knabenleichen zu Fall bringen können. Aus Hofer aber ist Höfi geworden und alles ist anders gekommen. Lehrs Kampf um Maria war, zumindest aus Lehrs Sicht, ein Kampf gegen den Diminutiv ihres Freundes, und dieser Kampf war nicht nur erfolglos, er wurde nicht einmal wahrgenommen als das, was er war: als ernsthafte Geste nämlich. Maria und Höfi – das war so selbstverständlich, dass Lehrs Ansinnen, Maria aus Höfis Armen zu lösen, von allem Anfang an aussichtslos war. Mehr noch, es war lächerlich. Wäre aber Höfi nicht gewesen und mit ihm Marias Mitleid und das ganze Spiel, das Maria um dieses Mitleid anlegte, so hätte Lehr Maria womöglich gar nicht erkannt, nicht als *seine* Maria jedenfalls, und es hätte die Geschichte nicht gegeben und eine Verwechslung wäre ausgeschlossen geblieben. Maria war das zweitschönste Mädchen, das Lehr je gesehen hatte. Das schönste hatte er einmal in einem Bus in Rom gesehen. Es hatte Maria geglichen und blieb namenlos. Maria stammte aus Kalabrien.

VORGESCHICHTEN

Lehr kommt in die Klasse an einem sonnigen Morgen im späten August und sieht in einer hinteren Bank Maria sitzen. Maria ist da sechzehn und wunderschön. Sie hat lange, dunkle Haare und aus ihren Augen spricht Gott zu Lehr, ein großer Gott, ein spitzer Gott aus Erd und Haar. Und Lehr hat sich da ein unglückseliges

Ziel gesetzt. Er will das Geschlecht Marias kennen lernen, die Behaarung, er will genau wissen, wie behaart Maria ist, wo die Haare enden und der Bauch beginnt, wie weit die Haare über die Scham hinaus in die Beine greifen, das alles will er wissen. Er soll es nie erfahren, so will es die Geschichte.

Angestellt ist Lehr an einem Gymnasium. Gymnasien zahlen nicht für die Ziele Lehrs. Aber das ist nicht Lehrs Sorge. Dass er nun eine Tätigkeit aufnimmt, den Mariawahn nämlich, die im Widerspruch zur geltenden Ordnung steht, das verkraftet er gut, ja insgeheim freut es ihn. Ein Stich hingegen geht in sein Herz, als er erfährt, dass die kleine Maria aus Kalabrien sich einen Freund zugelegt hat, der Hofer heißt. Hofer ist zwei Jahre älter als Maria und besucht dieselbe Schule wie Maria. Man nennt ihn Höfi. Er hat eine bleiche Haut und die Haare hängen ihm ins Gesicht. Hofer ist so bleich, dass Lehr ihn vorerst nicht ernst nehmen kann. Und trotzdem wächst in Lehr mit der Zeit ein Hass auf die Bleichheit. Der Hass entsteht und wächst, weil die Zeit verstreicht und Maria von Hofer nicht loslässt. Das löst den Hass aus.

Einmal fährt Lehr seine Maria und deren Hofer in der Citroën DS von der Schule bis ins nahe Städtchen. Hofer sitzt vorne. Maria hinten. Da sind Lehr und Hofer noch Freunde. Dann hört die Freundschaft auf und ein Jahr später sind sie große Feinde.

Es ist wahr, denkt Lehr, Hofer kann es nicht leicht haben mit Maria. Zuerst durfte er sie nicht berühren, ein ganzes Jahr lang. Dann durfte er sie nur küssen. Später und mit viel Geduld erst ist es ihm gelungen, sich bis zu Marias Scham vorzuschieben. Das alles weiß Lehr aus Marias Mund. Bei jeder Gelegenheit sucht Maria Lehr auf und erzählt ihm von Hofer. Sie sagt, er, Lehr, sei eine Zauberfigur für sie. Wir hingegen wissen, dass es um Lehrs Zauberkunst schlecht bestellt war, gelang es ihm doch nicht einmal, sich zwischen Marias Schenkel vorzuzaubern.

Hofer presst seine Unterlippe nicht zwischen Marias Schenkel. Er darf das nicht, sagt Maria. Es täte ihr Leid, sagt sie. Aber er wäre auch noch nie auf die Idee gekommen, sagt Maria. Einmal spritzt er über ihr aus. Danach bleibt die Menstruation aus und Maria rennt zu Lehr. Lehr dankt es ihr, indem er sie Hofer zurückbringt. Vergeblich hofft er auf Entlöhnung. Aber nach groben Fehlern soll man keinen Lohn erwarten.

Was weiß Lehr noch aus Marias Mund? Hofer hat ein Bahn-Hotel-Arrangement gesehen. Hofer wird aktiv. Er bucht für sich und Maria. Samstag hin, Sonntag zurück. Paris. Es muss geheim bleiben, weil das für die kalabresischen Eltern der Maria zu viel wär, weil ein solches Wochenende den Geist der kalabresischen Eltern sprengen müsste. Und Hofer weiß, wo der Eiffelturm steht. Er zieht Maria dahin und hinauf und zeigt ihr Paris von oben. Er weiß, wo das Centre Pompidou ist, und er rennt mit Maria dahin und zeigt es ihr. Dann weiß er, wo die Champs-Élysées ist, und er rennt auch dahin mit Maria und zeigt sie ihr samt Arc de Triomphe. Dann weiß er, wo der Jardin de Luxembourg ist, und er zerrt Maria dahin und zeigt ihr den Jardin. Abends im Hotel, wo Maria dann sehen möchte, was sie interessiert, bricht er zusammen und traurig klappt Maria ihre vorschnell geöffneten Schenkel wieder zusammen. Hofer sei lieb, sagt Maria.

An freien Nachmittagen basteln Hofer und Maria. Sie schneiden mit der Schere, malen mit Farben und kleben mit Leim. Dann ist es vollendet und der Nachmittag vorüber.

Der Schwangerschaftstest sagt, dass Maria kein Kind in sich trägt. Es ist also wieder die nicht schwangere Maria, die im Schulzimmer sitzt und die Augen Lehrs zwischen ihre Schenkel zieht, bis sie blind sind, diese Augen.

Lehr sitzt im Schulzimmer und weiß nicht mehr, wie die Sprache geht. Er sieht Marias Augen und ihre große Trauer und ihre große Hoffnung und hat den Zugang zur Lautbildung verloren. Hofer braucht eine Psychologin, weil er mit Maria ist. Lehr braucht eine Psychologin, eine Psychiaterin und täglich sechshundert Milligramm Floxyfral, weil er nicht mit Maria ist. Maria lehnt einen Tausch ab. Sie langweilt sich lieber mit dem, den sie nicht liebt, zu Tode und tötet gleichzeitig Lehr, den sie liebt. Irgendwo muss sie einen solchen Auftrag entgegengenommen haben. Vielleicht war es Gott selbst, der ihr diesen Auftrag in die Hand gedrückt hat.

Es vergehen manchmal nur wenige Tage, bis neue Mitteilungen erfolgen. Maria und Hofer hätten sich getrennt. Das ist die Botschaft dieser Mitteilungen jeweils. Die Mitteilungen kommen aus Marias Mund.

Hofer spritzt über den Haarwald von Maria ab. Einige Spermien fallen durch die Äste und drohen sich weiterzuentwickeln. Neue Hofer, denkt Lehr, neue Hofer, die die Marien den Lehrern entziehen.

Heute ist die Nacht – fernab von Paris –, in welcher Maria den Hofer in sich hineinspritzen lässt. Hofer ist Lifttechniker. Hofer arbeitet im künstlichen Licht. Fällt Sonne auf sein Gesicht, so zieht sich alles zusammen an ihm. Auch das Geschlecht.

Maria erzählt von Hofer. Er habe geweint. Sie habe Schluss gemacht. Er habe geweint.

Maria steht im Sommer. Der Sommer ist im Feld zwischen Rutecourt und Fislenbac. Da ist ein Rockkonzert mit lokalen Bands. Lehr sitzt bereits da. Es ist Abend und warm. Die Maria springt hinzu. Sie drücken ihre Schultern aneinander. Vorne auf der Bühne, da steht neben Jungs ein Vierzigjähriger. Maria erzählt. Der habe eine Beziehung mit einer Schülerin gehabt. Vierzehn sei sie gewesen. Er über dreißig. Nun sei er nicht mehr Lehrer. Lehr lacht. Später am Abend verlassen sie das Konzert. In der ausgetrockneten, dürren Wiese steht das Auto Lehrs. Die DS. Maria und Lehr stehen am Rand der Wiese. Der Mond scheint hell. Es wär die Zeit für einen Kuss. Aber sie sind nicht allein, die beiden. Der Kuss fällt nicht. Manchmal kann man Ort und Zeit belegen, wo die Dinge einen falschen Lauf nehmen.

Einmal aber in der Öffentlichkeit der schuleigenen Cafeteria springt Maria von hinten an Lehr heran und zwickt ihn in die Hüften. Sie lacht. Und einmal berührt sie ihn leicht im Schulzimmer, er ist dankbar. Er hofft. Wann ist der Stern *Maria* aufgegangen? Als Maria einen Vortrag hielt über *Die Schwierigen oder j'adore ce qui me brûle*. Da ist sie als Stern aufgegangen. Es war März draußen und ein kalter, aber sonniger Tag. Die Leute aus der Klasse verstanden ihre Maria nicht mehr. Der Vortrag war zu erhaben. Er ließ die Niederungen schlauer Schülerköpfchengedanken weit zurück und spannte einen Himmel. Wochen später hält eine andere Schülerin einen Vortrag über *Le Rouge et le Noir*. Lehr setzt sich neben Maria. Vom Vortrag hat er nichts mitbekommen. Aber da hat er Marias Schenkel kennen gelernt, und manchmal war ihm, als könne er die Ausdünstungen, die zwischen Marias Schenkeln hervor sich hoben, in seiner Nase spüren. Der vortragenden Schülerin gab er eine genügende Note.

Im Park des Städtchens hat er einmal den Kopf auf ihre Schultern gelegt. Mehr war nie. Doch, einmal hat er sie an sich gezerrt, eine so genannte Szene unter freiem Himmel, dann im Auto. Sie hat dagegen gestemmt. Sie war stärker. Sie musste lachen. Es war zum Lachen.

Maria erzählt von Hofer. »Ich liebe ihn nicht. Weißt du, das ist nicht Liebe. Das ist Gewohnheit, die ich brauche. Bin nicht verliebt in ihn. Verstehst du? Wenn das Liebe wär, wär es viel einfacher«, sagt sie. »Dann könnte ich einfach Schluss machen. Aber er ist mein Vater im Himmel wie auf Erden. Es ist nicht Liebe.« –

»Kannst du mich noch ausstehen? Kannst du noch in die Stunden kommen?«, das fragt Lehr. »Ich kann es, ich freue mich«, sagt Maria.

Später wurde gerätselt, ob in Marias Erzähltechnik ein Motiv für ihre Ermordung angelegt sein könnte. Ob Hofer durchgedreht ist, als er (wer weiß wie) vernehmen musste, was die Maria alles ausgeplaudert hat gegenüber Lehr? Ob ihm der Gedanke unerträglich war, dass Maria Lehr von seiner Unlust erzählt hat, davon, wie ihm, Hofer, das Fleisch in Paris weggewelkt sei? Oder wie sie, Maria und Hofer, gemeinsam Pilze gegessen hätten und sie, Maria, da voll in Fahrt gekommen, er hingegen in die völlige Lähmung verfallen sei. Auch weiß man inzwischen, dass Hofer ihr einmal offen gedroht hat: Lehr wollte mit Maria an eine Techno-Party im Untergrund. Maria hatte schon zugesagt. In letzter Sekunde hatte Hofer gedroht: »Wenn du gehst, ist dies das Ende.« Meinte Hofer dies gar wörtlich? Darf man Hofer wirklich einen Mord zutrauen? Ist er nicht zu bleich zum Morden?

Ermordet wurde Maria auf der Maturareise nach Schottland. Verschwunden ist sie in Kalabrien. Durchgebrannt sei sie mit Hofer noch, aber es soll bereits eine andere Maria gewesen sein, eine gewisse Grazia vielmehr, mit welcher Hofer (welcher Hofer?) nach Marokko verreist sei. Keine zwei Tage sollen sie da gemeinsam verbracht haben, übrigens. An einer schottischen Küste zwischen Fels und meterhohen Wellen soll Maria die Klasse angeschrien haben: »Ich hasse euch, ich habe euch vier Jahre lang gehasst, euch alle!« Wen hat sie wirklich geliebt? Lehr? Geschätzt, das weiß man, geschätzt hat sie den Mathematiklehrer mit dem Bart. Bleich war auch der, eine Brillenkonstruktion trug er im Gesicht. Zur Tatzeit auf der Maturareise in Schottland soll er betrunken in einem Pub gelegen haben. Er konnte kein Englisch und sein Französisch war so karg und farblos, dass es keinen Sinn ergab. Nur mathematische Formeln sollen ihm auf die Frage der zuständigen Kripo eingefallen sein.

Lehr war nicht dabei auf der Maturareise. Er schmiss die Klasse ein Jahr vor der Matura hin, weil er Marias Augen nicht mehr ertrug, weil der Augenkontakt mit Maria ihn auf direktem Weg in eine Depression hineinführte, weil er während den Schulstunden bloß immer nur zwischen Marias Beine starrte, weil er während den Lektionen Marias stark behaarte Fotze roch und er sich an der Tafel abstützen musste, weil Marias Fotzenbusch in seinen Lektionen längst aus dem Slip und der Hose herausgewuchert war und das ganze Schulzimmer in einen undurchdringbaren Dschungel verwandelt hatte.

DAS ENDE

Links der Grube geht die Felswand hoch und schneidet die Geschichte von der Welt ab. Das Gelände liegt im Rot des Abends. Es liegt schwer. Die Wolken sind eine zerstreute Schafherde am Himmel, jeden Abend. Die Fabrikhallen sind lang gezogene Dächer, zur Hauptsache. Gearbeitet wird nicht. Vielleicht längst nicht mehr. Gearbeitet wurde hier in der Vorgeschichte, jetzt steht Sperrgut aufgeschichtet, seit Jahren aufgeschichtet, bereit zum Abholen. Es bleibt unklar, was hier gelagert wird. Zwischen der ersten und der zweiten Halle ist ein Durchgang. Dieser Durchgang ist plattgewalzter Dreck. Das ganze Gelände ist plattgewalzter Dreck. Spuren von Reifen führen zwischen den Hallen hindurch über das Gelände, verteilen sich und verweisen auf Zufahrten. Es handelt sich keineswegs um morastiges Gelände. Der Dreck ist oberflächlich. Nach wenigen Zentimetern stößt man auf harte Erde, Lehm, vielleicht Beton. Trotzdem bleiben Schuhe stecken. Womöglich, denkt Lehr, womöglich ist das eine künstliche Anlage, eine Täuschung. Die Grabanlage einer Vorgeschichte. An diesem Abend aber stehen Autos auf dem Gelände. Zumeist Kleinwagen, Zweitwagen. Sie stehen in der Nähe der vorderen Halle. Da, wo die Felsen rundherum in Entfernung stehen, da, wo das Abendlicht noch Zugang findet. Die Autos sind zumeist weiß und schmutzig. Dreck wurde an ihnen hochgeschleudert. Sie schimmern rötlich. Ein Treffen ist im Gang, so scheint es Leer. Wo genau, bleibt unklar. Es sind die Schülerinnen und Schüler aus der Klasse Leers. Sie beraten sich. Sie tragen elegante Kleider, die Männer Krawatten, die Frauen lange Röcke. Es scheint, als gingen sie an einen Ball. Als würden sie in einer der Fabrikhallen bloß den Apéro zu sich nehmen. Als würden sie sich hier nur kurz besprechen. Das meiste wissen sie. Sie wissen voneinander. Sie kennen ihre Körper gar. Der Ball aber findet woanders statt, das Treffen in der vorderen Halle, so vermutet Leer nun bereits mit einiger Gewissheit, ist des Abends Anfang nur. Vielleicht ist die Halle auch Ziel, später dann, in tiefer Nacht. Die Autos, verstreut auf dem Gelände, in der Nähe der vorderen Halle, stehen da seit einigen Minuten, aber auch seit aller Zeit. Es lässt sich nicht entscheiden. Leer ahnt Böses. Er weiß, dass die Schülerin, die er liebt, ermordet werden soll. Womöglich mit ihrer Einwilligung. Er weiß es. Anhaltspunkte hat er keine. Ein Auto erkennt er: Renault Clio, Farbe weiß. Das Auto der Eltern, geliehen heute abend. Umweltschonende Autos für klare Aufträge, denkt Leer.

Leer sitzt in seiner Citroën DS und sieht plötzlich nur noch die unteren Hälften der Autos, er sieht bloß noch Blech und Reifen und er sieht Schuhe und Beine und Strümpfe, schöne Beine, die miteinander schon gespielt haben, ist zu vermuten. Er sieht, wie die eleganten Abendschuhe samt schwarzen Strümpfen oder Buntfaltenhosen vor dem Blech halten, sich kurz umdrehen und dann im Blech verschwinden. Türen werden zugeschlagen. Er weiß, wem die Beine gehören. Sie gehören den arglosesten und gescheitesten Schülerinnen und den arglosesten und gescheitesten Schülern. Im Renault Clio sitzen die Verlässlichsten. Die Rationalisten sitzen da. Der Renault Clio steht bei einer niedrigen Rampe, Holzgeländer zur Seite, dahinter die Mauer der Fabrikhalle. Das Abendlicht ist dunkel geworden. Leer sitzt unterhalb der Rampe in seiner DS und es ist ihm, als werde er nun überrollt, er kann tun, was er will. Er gibt Gas. Dabei weiß er, dass ihm die Gesichter sachlich zulächeln würden, sähen sie ihn jetzt. Sie werden ihm immer sachlich zulächeln, und Leer fällt ein, dass seine Mutter ihm jeweils zu verstehen gab, dass er keinen guten Eindruck mache, überhaupt keinen guten Eindruck. Er gibt Gas. Will flüchten. Es geht um Sekunden, glaubt er. Um Millimeter. Um Maria. Nichts deutet auf Hektik. Die Beine sind langsam gekommen, aufgetaucht im Abendrot und langsam verschwunden im Blech. Der weiße Renault Clio springt an. Immer wieder. Jetzt kommen alle Übrigen. Niemand läuft. Niemand rennt. Der Renault Clio hält sich an die Geschwindigkeitsbegrenzung und das macht ihn schnell, sehr schnell. Leer spult durch, rast durchs Gelände, rast auf die hinteren Hallen zu, da, wo das Licht nicht mehr hinkommt, da, wo die Nacht schon ist und die Hallen in früheren Jahrhunderten erbaut wurden. Verrust die Steine, kleine Türme auf den Dächern, viel Holz in den Kammern. Und zwischen Gebälk liegt das letzte Zimmer, das dem Lehrer und Maria gehört.

Leer fährt mit dem Rot des Abends in die Dunkelheit der hinteren Hallen ein. Den weißen Renault hat er aus den Augen verloren. Er ahnt den Auftrag, die kindlichen Absprachen mit den Eltern. Die Schülerinnen und Schüler sind alt genug, sie können Auto fahren.

Warum sprecht ihr so gepflegt mit mir?
Warum geht ihr so behutsam um mit mir?
Warum seid ihr stärker als meine Krankheit?

Das waren die letzten Aufsatzthemen. Jetzt richten die Schüler. Im Dunkel der lang gezogenen Grube liegt die Dachkammer. Und da liegt Maria. Sie ist nackt. Und da liegt Leer mit ihr. Mit der einen Hand liebt er sie zwischen ihren haarigen Beinen, mit der anderen hält er die Axt. Der Blick durchs Fenster zeigt ihm die schwarze Fassade der gegenüberliegenden Fabrikhalle, die in der Dunkelheit der Nacht zu einem schottischen Schloss geworden ist. Zwischen der Dachkammer und diesem verrusten, schwarzen schottischen Schloss liegt ein kleiner Wassergraben. Ein Brunnen plätschert, Wind weht keiner, der Mond ist silbern und verkriecht sich im Winkel des Gebälks. Leer hebt den Kopf, horcht in die Nacht hinaus und seine Finger werden feucht zwischen den Beinen der Maria. Doch immer, wenn er den Kopf wieder zu ihr hinabwendet, muss er darum kämpfen, dass es Maria ist. Immer wieder verwandelt sie sich in eine Freundin, eine andere Schülerin, eine Feindin. Nur mit großer Mühe kriegt er die Maria wieder hin. Gleich aber schwindet sie wieder, als wäre sie nie in dieser Dachkammer gewesen. Und dann sieht sich Leer unten auf dem Hof mit der Axt umherlaufen, Geräusche aufhorchend, Gestalten erspähend, und nur in diesen Augenblicken, wenn er mit der Axt unten ist, sieht er die Maria mit Gewissheit oben unter dem Holzgebälk liegen, und dann brennt auch schon dieses ganze Holzgebälk und das ganze Gelände.

Es ist der letzte Ort, der ihm und Maria bleibt, der letzte Ort, und diesen Ort will er retten, muss er retten, vor allen Schlächtern und Mördern, und er rennt hinauf in die Dachkammer, wo Maria liegt und weint. Doch wie er kommt, hört sie sogleich auf zu weinen. Er schlägt ihr die Axt zwischen die Beine. Aber sie wendet sich lautlos ab und ist längst tot.

Wieder rast Leer mit der DS durchs Gelände. Er überschreitet die zugelassene Höchstgeschwindigkeit bei weitem. Er weiß sich mit Maria in der Dachkammer liegen. Er deckt seine Maria mit einer Decke zu. Immer wieder. Und er rennt nun, weil er nicht glauben kann. Und wieder kommt er zu spät. Sie haben sie erschlagen. Er schreit. Es ist tiefe Nacht im schottischen Schloss. Nur in der Dachkammer brennt es. Durch das Fenster leuchtet der Mond. Alles ist friedlich.

Weshalb lasst ihr mir meine Maria nicht?

Maria verwandelt sich. Leer getraut sich nicht, die Augen zu öffnen. Er betet zu Gott, dass es Maria sein möge. Aber in all den Augenblicken, da es Maria ist, sind die Mörder unterwegs und sehr nah. Sie werden nichts zulassen. Maria ist auf der Seite ihrer Mörder. Leer weiß, wer zuschlagen wird, er kennt die Hände, welche die Axt führen. Und mit einem Schlag wird hier auf dem Gelände wieder gearbeitet werden, mit einem Schlag wird die Vorgeschichte wieder eingesetzt. Es werden die Kugeln wieder rollen, die Gläser wieder klirren und in den Kirchen wird Musik erklingen. Die langen Abendkleider, das korrekte Fahrverhalten werden niemals vergessen werden. Immer werden sie ans Ziel führen. Niemand wird vom Ende wissen, von Maria, der wahren Maria, denn links liegt die Felswand und trennt die Geschichte von der Welt ab.

Jahre später, Jahre nach dem Mord an Maria, steht Leer an einem kargen Abhang hoch in den Bergen. Es gibt da keine Bäume mehr. Es gibt bloß kurzes Gras, mehr grau als grün. Und an diesem Abhang wird nach ihm geworfen. Er hängt an einem Seil und von oben wird mit Steinen nach ihm geworfen. Aber niemand ist da. Zumindest kennt er keine Namen. Manchmal steht er selbst oben und wirft nach sich. Und dann scheint es ihm, als ginge es bei diesem Werfen um Marias Leben. Als würde erst jetzt entschieden. Als würden erst diese Steine sie töten. Unversehens steht der Freund der Maria da. Er heißt Hofer und sieht so blass aus, dass Leer ihn hassen muss. Nicht weiß sieht er aus, vielmehr blass und bleich. Alles hängt in seinem Gesicht, die Haare, die Augen, die Unterlippe. Sie hassen sich beide, Leer und Hofer, gegenseitig. Sie hassen sich wortlos. Sie tun nichts. Nichts Wirkliches, denn Maria ist tot. Unglaublich tot in diesem Moment. So tot kann nur Maria sein, denkt Leer. Das Ausmaß des Todes ist direkt gegen Leer gerichtet. Du hast sie getötet, denkt der Freund Marias. Du hast sie vernichtet und mit deiner Blässe erwürgt, denkt Leer vom Freund. Es gibt keinen Himmel hier oben in den Bergen. Es gibt eine abfallende Wiese und daneben ist alles grau, da, wo das Tal sein müsste – grau, keine weiteren Berge, grauer Nebel, Wiese und nichts. Manchmal wirft Hofer nach Leer. Er trifft nicht. Leer schreit. Aber der Nebel schluckt den Schrei und es bleibt still. Manchmal taucht Maria aus dem Nebel auf, steht neben dem Freund und legt ihre Arme gelangweilt um dessen Leib, während der Freund wirft. Sie kuschelt sich gelangweilt an den Freund, während er wirft. Der Freund trägt einen weißen Arztkittel. Und das gibt ihm eine Gerechtigkeit, die Maria zugleich liebt und hasst. In der Tat steht der Freund allein, Leer weiß es, Maria ist tot, bloß ein Spuk ist ihre Erscheinung, bloß eine dumme Einbildung. Später treten die Freunde Leers hinzu und werfen nach ihm. Er wird am Seil umhergezerrt. Leer stolpert über die Löcher der Murmeltiere. Wandergruppen tauchen aus dem Nebel auf, ziehen wortlos vorbei, Familien, der Vater voraus gesetzten Schrittes, die Mutter singend, Leer nickt freundlich, tut, als ob nichts wäre, sucht arglose Worte, die sein Stolpern erklären sollen, er verstrickt sich noch weiter, nickt noch weiter, und mit jedem Nicken rückt

Maria noch weiter in die Ferne, in den Tod und in die Unnahbarkeit. Leer muss Hofer schlachten, da gibt es keinen Zweifel. Er muss Hofer töten, um Maria aus dem Tod herauszutöten. Hofer steht oben, die Hände in den Taschen, die Wanderer sind abgezogen, Leer steht unten, ein Abhang dazwischen. Ein Duell. Getötet wird keiner.

Später rennt Leer davon. Aber es ist nicht Hofer, der ihm folgt, es ist Ferrer. Sein alter Freund. Ferrer hat Tabletten eingenommen und ist bösartig geworden. Mit dieser Bösartigkeit nun jagt er hinter Leer her. Ihm zur Seite jagen ein paar Vermummte, sprachlose Schlächter, Hunde, denkt Leer, die Ferrer aufs Wort folgen. Und Leer rennt von den Bergen weg, einen Abhang hinunter, einen Hügel, bis er auf eine grüne Wiese kommt. Da stehen Krane und Bagger. Sie erweitern ein Dorf zu einer Kleinstadt. Geplant ist eine Überbauung, familienfreundlich, mit Einkaufszentrum und Sporthallen. Musikschulen. Die Sporthalle steht schon in Teilen. Dreckwälle ihr zur Seite. Der Eingang sauber, modern. Leer flüchtet da hinein. Er springt die breite Treppe hinauf und ist überrascht: keine Hallen, keine Geräte, ein Wohntrakt beginnt. Leute stehen im Entree, hinter Vorhängen öffnen sich weitere Räume. Überall Partygemurmel, Gläserklirren. Aus der Richtung, wo Leer die Küche vermutet (es ist mehr als bloß eine Vermutung, denn Leer erkennt die Architektur!), vernimmt Leer die Stimme seiner Mutter. Eine hoch aufjauchzende Stimme. Eine vor lauter Freude japsende Stimme. Ein Gesang. Leer steht starr, vergisst für Augenblicke Ferrer, der immer noch hinter ihm her sein muss mit seiner Jagdhorde, er sieht Kinder, Mädchen und Knaben, zwischen acht und vierzehn, sie treten nicht ins Entree, sie wenden vorzeitig ab und verschwinden in einem Nebenzimmer. Leer, unvorsichtig, geht ihnen nach. Er gelangt ins Spielzimmer. Die Kinder sind nackt. Die Mädchen küssen sich auf ihre frühreifen Schamlippen.

Die Knaben spielen mit ihren steifen Gliedern. Sie laden Leer ein. Er spielt mit. Die Mutter weiß, was er hier treibt. Sie weiß es irgendwie. Alle Mütter wissen, was ihre Kinder da treiben. Sie finden es unartig und schweigen. Die Gäste der Mutter wissen: Leer hat es schwer im Leben und man lässt das zu, auch wenn man empört ist.

Später kleiden sich die Kinder an und gehen zu ihren Eltern ins Entree. Leer steckt den Kopf aus dem Spielzimmer und sieht sich plötzlich allein. Die Stimmen der Party sind entrückt, wenngleich nicht verstummt. Ein Mädchen, vielleicht dreizehn, springt die Treppe hoch, es lächelt Leer an, traurig, huscht an ihm vorbei und verschwindet im Spielzimmer. Leer steigt nochmals eine Treppe hinauf und gelangt in ein Zimmer, das ein Hallenbad ist. Leer besinnt sich nicht lange, begibt sich in die Männergarderobe, legt die Kleider ab, steigt in die schwarze Badehose und geht dann in die Schwimmhalle. Da sieht er zunächst nur alte Männer. Er wandelt unschlüssig am Bassinrand. Noch springt er nicht. Später taucht eine Knabenklasse auf. Durch eine Glaswand sieht Leer, wie der Lehrer der Klasse die Knaben anweist, sich in die Knabengarderobe zu begeben. Wenige Minuten später tauchen die Knaben in der Halle auf. Der Lehrer der Knaben sieht Leer. Leer merkt, dass sich dieser Lehrer dabei etwas denkt. Die Knaben sind fast alle hässlich. Einer aber ist schön. Es ist eine Grundschulklasse, die Knaben sind elf oder zwölf. Leer bangt. Die Klasse verlässt die Halle wieder und verschwindet in der Knabengarderobe. Ihr Lehrer achtet darauf, dass die Knaben nicht in die Männergarderobe gehen. Bloß der schöne Knabe bleibt zurück. Leer schaut ihn an. Der Knabe entsteigt dem Wasser. Er tropft. Er geht nun auch in die Knabengarderobe. Leer ist enttäuscht. Eine leise Hoffnung bleibt. Und tatsächlich: Wie Leer in die Männergarderobe tritt, steht der schöne Knabe da. Sie schauen einander an. Sie sind allein. Schon streift der Knabe seine Badehose ab, schon sieht Leer, dass der Knabe bereits dunkle Haare hat über dem Geschlecht, dann kommt ein fürchterlicher Lärm auf. Ein Erdbeben, so scheint es Leer. Aber es ist kein Erdbeben. Es ist Ferrer mit seiner Schlachtmannschaft. Er hat das Gebäude erreicht, er sprengt die Türen auf, er jagt die Treppen hoch. Leer hört ihn grollen. Gemordet wird, was in den Weg kommt. Leer versucht die Flucht. Aber nach unten sind Gänge und Treppen versperrt. Leer flüchtet hinauf, viele Stockwerke höher. Ferrer folgt ihm. So hoch sind sie bereits, wo das Gebäude erst im Rohbau steht. Lücken klaffen, keine Fenster, Baugerüst. Es wird eng, Panik hat Leer ergriffen, Ferrers Mordschweiß haftet bereits an seinen Kleidern. Der ist durchgedreht, denkt Leer, ein Monster, denkt er. Und plötzlich merkt er, dass da noch wer anderes flüchtet, da in diesen hohen Stockwerken, im Rohbau. Es ist Ferrers Freundin: Bandler! Und Leer begreift nicht, was er sieht: wie Ferrer und seine Schergen diese Freundin ergreifen und abschlachten, richtiggehend abschlachten – und ihn, Leer, lassen sie zurück, unversehrt! Es wär ihm nun lieber, sie hätten ihn ergriffen, es ist ihm, als sei er an diesem Mord schuld.

Verzweifelt lehnt sich Leer aus einem Fenster. Das Fenster hat kein Glas und befindet sich nun wieder auf der ersten Etage. Da sieht er Ferrers Mordgesellen weiterwüten, er sieht, wie sie weiter hinter Ferrers Freundin herwüten, wie Ferrers Freundin einen Bus besteigt, wie die Gesellen ihr nachdrängen, wie die Freundin im letzten Augenblick aus dem bereits abfahrenden Bus herausspringt, wie sie ein Blumengeschäft betritt, wie sie die bereits entledigt gewähnten Mordgesellen da wieder heimsuchen, wie sie die Ruhe behält, wie ein Platz entsteht, mit Pflastersteinen, wie Fenster Blumenbeete tragen, wie die Welt ins Mittelalter sich zurückverwandelt, wie die Währungen entwertet werden, wie der Warentausch wieder aufkommt, wie Kutschen vorfahren, da auf dem Platz, das alles sieht Leer vom Fenster aus, von einem Fenster des Gebäudes, das Teil einer geplanten Großüberbauung ist, noch weitgehend im Grünen steht und ein Dorf zu einer Kleinstadt verwandeln soll. Maria ist elf. Sie ist die Tochter eines Fürsten. Der Fürst heißt Leer.

NACHSPIELE

Nach einem langen Gespräch mit dem Rektor verließ Leer die Schule. Er würde nicht mehr zurückkehren, er wusste es. Sie hatten sich in Freundschaft getrennt, in gegenseitigem Respekt. Der Rektor ließ ihn alles wissen, was ihm derzeit über ihn, Leer, oder eben über den vermeintlichen Leer gerüchteweise bekannt war. Maria war tot. Ob es in ihrem Leben tatsächlich einen Hofer gegeben hatte? Leer kannte Maria letztendlich nicht gut. Einige Male waren sie zu zweit gewesen. Sie haben mehr gepasst denn ernsthafte Gespräche geführt. Er kannte ihr Umfeld kaum. Wusste, dass ihre Eltern aus Kalabrien stammten. Mehr nicht. Er wusste nicht mal, ob sie einen Freund hatte. Die Umstände ihres Todes waren ihm ebensowenig bekannt. Vor drei Jahren war das gewesen. Sie war nicht mehr zurückgekehrt aus Italien. Ein Unfall soll es gewesen sein, ein Autounfall. Auf dem Weg zum Strand – so wie ihm die Schüler aus der Klasse erzählten. Wo nun ansetzen? Da, wo die Lügen beginnen – oder eben die Verwechslung. Das Foto aus den Händen des Rektors, ein Zeitungsfoto aus einem niedersächsischen Lokalblatt. »Ein Zufall, mein Bruder wohnt da oben!« So der Rektor. »Wir weilten über Weihnachten bei ihm. Ich schnitt Fenchel. Ein paar alte Zeitungsseiten neben dem Holzbrettchen, um Abfälle aufzufangen. Und dann seh ich plötzlich dich, Leer!« Er sah nicht mich, dachte Leer nun auf dem Weg zum Bahnhof. Höchstens eine Hälfte sah er. Die Entführung, die Morde, Hofer – das alles ist rätselhaft. Bei Hofer setz ich an, dachte Leer.

Zwei Wochen später, im April 1997, stieg Leer an einem windigen Tag aus dem Zug in Lamezia Terme. Er sah den Golfo di Sant'Eufemia und dahinter das tyrrhenische Meer vom Bahnhof aus. Dort unten, so dachte er, dort unten irgendwo am Strand also muss die Maria gebadet haben. Im Bikini oder in einem ganzteiligen Badeanzug. Vor der Abreise war Leer bei Marias Eltern gewesen. Sie gaben sich zurückhaltend, der Vater gar abweisend. Kam dazu, dass die Mutter kaum französisch sprach. Einen Freund? Nein, sicher nicht! Wäre nicht in Frage gekommen! Ein heimliches Verhältnis? Unmöglich, impossibile – und weshalb er das wissen wolle?

Weshalb will er das wissen, der Leer? Ein Unfall, ein tragischer Unfall. Maria nostra. Die Mutter weinte. Drei Jahre ists her – und Maria ist tot! Den Namen des Heimatdorfes fand er über eine ehemalige Schülerin heraus, die in Marias Klasse gegangen war. Metz – Strasbourg – Basel – Simplon – Milano – Napoli – Lamezia Terme. Hinter ihm lag die Reise. Vor ihm Kalabrien. Einen Hofer in Kalabrien suchen? Hofer – ein deutscher Name! Hier in Lamezia Terme und weiter im Landesinnern? Einen Hofer in San Pietro a Maida? Leer steht noch immer auf dem Platz vor dem Bahnhof. Er sieht zwei junge Mädchen. Seine Gedanken wandern. Er muss nach Busverbindungen fragen.

Sommer 1994. Marias Eltern gehen nicht nach Italien, weil der Sohn Fußball spielt und der Vater diese Spiele nicht verpassen will. Die Spiele des Sohnes sind ihm neben dem eigenen Auto das Größte. Dem Fußballspiel des Sohnes opfert er seine ganze Verwandtschaft in Kalabrien. Er darf nicht verpassen, wie der Sohn die Ecken tritt und die Flanken schlägt. Maria will trotzdem in den Süden. Sie darf nicht allein reisen. Sie ist erst achtzehn. Sie fährt mit einer Tante. Achtzehn Stunden verbringt Maria neben dieser Tante auf Autobahnen. Sie rast nicht bloß in den Süden, sie rast in den Tod. Das weiß sie noch nicht.

Leer, drei Jahre danach, spielt den Detektiv. Er nimmt die Spur auf und stößt auf sich selbst. Täglich fahren zwei Busse von Lamezia Terme nach San Pietro a Maida, das verloren im Landesinnern vor sich hin stirbt. Auf der Fahrt verliert Leer mehrfach den Faden zu den Fragen, die er im Dorf zu stellen gewillt ist. Die klaren Fragen nach dem Wer und Wann mutieren. Sucht er Maria? Sucht er Marias Mörder? Stöbert er in einem fremden Mordfall? Weshalb? Und was ist mit dem Foto im niedersächsischen Lokalblatt? War das nicht auch er? Bei der Post steigt er aus und erkundigt sich nach Übernachtungsmöglichkeiten. Es gibt keine. In der einzig verbliebenen Bar des Dorfes findet sich eine Lösung. Er wird vom Barbesitzer eingeladen. Er gibt sich als Professor aus. Er strahlt Bedeutung aus und diese Bedeutung wird herumgereicht. Es geschieht nicht viel in dieser Gegend – hin und wieder ein Mord, das ist alles. Bald schon sitzt er mitten unter Marias Verwandten, Cousins, Cousinen, die auf Urlaub sind, Tanten, Onkel. Anderntags führt man ihn zu den Großeltern. Noch weiß man nicht genau, was er will. Was will er? Ganze Familienschichten stöbert er auf. Die Geschichten der Familie Dolocani. Er hat Einblick in das Kalabrien, das ihm einen Mordfall entgegenhält, einen Mordfall eigens für ihn, Leer. So kommt es ihm vor. Tief hinein glaubt er zu sehen. Aber er täuscht sich. Eigentlich hält man wenig bereit für ihn. Man trinkt, man reißt Sprüche, man lacht. Und er durfte nun lesen, sich selber als Fremden lesen. Am Tag darauf jedoch sollte die Stimmung sich ändern. Die Fragerei wurde lästig. Man blieb freundlich, aber Leer glaubte, es würde ihm mehr und mehr mit Argwohn begegnet. Wieder wurde er eingeladen abends, aber das war reine Höflichkeit. Die Zuwendung ließ nach. Was Leer vorerst nicht wissen konnte: Fausto, schwarzes Haar, leicht untersetzt, muskulös, Marias Cousin aus einem nahe gelegenen Dorf, das bis auf drei Häuser leer stand und also beinahe als totes Dorf bezeichnet werden konnte, Fausto war im Laufe des Vormittages bei Marias Großeltern eingetroffen. Er hatte Leer gesehen, nur kurz – Leer hatte ihn gar nicht wahrgenommen – und durch diesen Fausto kam eine neue Geschichte ins Rollen, eine neue alte Geschichte. Aufgebracht und wie vom Blitz getroffen bahnte sich Fausto durch die im Haus der Großeltern versammelte Familie der Dolocanis einen Weg in ein Nebenzimmer. Einige der Angerempelten liefen ihm hinterher: Was hast du? Was ist los? Fausto versuchte sich zu fassen, er wollte nicht laut reden, aber er konnte seine Erregung kaum unter Kontrolle halten: »Das ist er! Das ist der Typ, dem ich vor drei Jahren begegnet bin, damals, nach dem Mord!« – »Welcher Typ?« – »Ich habe es euch erzählt! Ich traf ihn in Lamezia Terme unmittelbar nach der Befragung auf dem Polizeiposten. Er fragte nach unserem Dorf, er sagte, dass er Marias Lehrer gewesen sei und dass er nun einen Roman schreibe!« Und jetzt erinnerten sie sich, an Faustos Beschreibung damals. Kurze, gebleichte Haare. Als Fremder sofort erkennbar. Und der sitzt jetzt hier in der Stube? Unmöglich! – »Doch, er ist's, ich schwörs!« Der Tag ging dahin, Leer wusste nichts von den Nebenzimmergesprächen, er merkte aber, dass man ihn zusehends mied oder aber, einmal mit ihm im Gespräch, die Fragen verlagerte, die Themen veränderte, sich aufs Lamentieren verlegte. Ach, unsere Maria, ach, würde sie noch leben! Nochmals wurde er eingeladen, nochmals durfte er übernachten, aber Leer spürte es selbst: Es war ein Aushalten. Man hatte sich abgesprochen. Die Großeltern bestimmten. Keine Fragen an ihn. Nicht nochmals hochkommen lassen, das

Ganze. Maria ist tot, basta. Der soll wieder weg. Und Leer fuhr am nächsten Morgen mit dem frühen Bus davon. Mit ihm ging eine gewisse Giovanna. Sie musste gleichentags zurück nach Napoli, wo sie Schauspiel und Kunst studierte. Eine Veranstaltung des Seminars. Giovanna erzählte im Bus, während draußen Kalabrien in verschiedenen Zerfallsstadien vorbeizog. Fern von der Verwandtschaft war ein offenes Gespräch möglich. Leer erfuhr, was er nicht wusste. Giovanna war schön, sehr schön. Gegen Lamezia hin tauchten nach und nach neue Bauten auf, Glaspavillons, moderne Überbauungen. In Lamezia war noch Zeit und in einer Bar gegenüber der Stazione sprachen sie weiter.

Maria sei fast jeden Tag nach Lamezia gefahren, um da im tyrrhenischen Meer zu baden. Natürlich nicht allein. Cousinen und Cousins seien mitgegangen, Freunde aus dem Dorf. Oftmals habe es Streit gegeben zwischen Maria und Fausto. Fausto sei in Maria verliebt gewesen, in die eigene Cousine verliebt, dieser Kindskopf! Und es sei da am Tag vor ihrem Tod (sie, Giovanna, sei an jenem Tag selbst mit an den Strand gefahren) einer aufgetaucht, am Strand, und Maria sei zunächst weggerannt – und dann aber sei sie in Entfernung stehen geblieben, bis der Typ sie eingeholt habe. Sie habe Fausto zugerufen, er solle ihr nicht folgen, er solle sie mit dem Typen reden lassen. Maria und der Typ hätten sich sodann noch weiter entfernt und seien dann stehen geblieben, gute hundert Meter entfernt am Strand. Sie hätten da gesprochen, über eine Stunde lang – Maria ungehalten, das sei zumindest ihrer heftigen Gestik zu entnehmen gewesen. Sie habe den Typen mehrere Male von sich gestoßen, sei wenige Meter weggerannt, habe sich dann aber wieder einholen lassen. Einige Male habe sie laut geschrien, aber einen Gesprächszusammenhang oder gar einen Sinn habe sich aus diesen einzelnen Schreien nicht ableiten lassen, denn es seien zur Hauptsache Flüche oder Bestandteile von Flüchen gewesen, die dem Strand entlang bis zu ihr, Giovanna, und den Übrigen der Gruppe gedrungen seien. Nach mehr als einer Stunde hätten sich Maria und der Typ getrennt. Dieser sei Richtung Südwesten dem Strand entlang davon und habe sich schließlich als Punkt aufgelöst, Maria aber sei zurückgekommen. Sie habe sehr alt ausgesehen plötzlich, verweint das Gesicht. Und sie habe nicht mehr sprechen wollen – mit Fausto auch nicht. Er habe alles versucht, hinter das Geheimnis zu kommen, aber er sei gescheitert. Ja, er sei wütend gewesen, zornig, sehr zornig. Und am andern Tag sei der Unfall gewesen. Maria, damals knappe neunzehn Jahre alt, sei allein zum Meer gefahren, frühmorgens. Sie habe Fausto den Autoschlüssel ohne dessen Wissen entwendet, und dann sei sie, nördlich von Lamezia, über eine Kurve hinaus ins Meer gerast. Nur das Autowrack aber sei gefunden worden, ihre Leiche nicht. Die Strömung im tyrrhenischen Meer sei nicht gewaltig, aber es sei schon möglich, dass ein Leichnam abtreiben könne, so habe die Polizei gesagt – und die Ermittlungen bald eingestellt. Das sei der erste Teil, der Tod Marias. Der zweite Teil betreffe ihn, Leer, nun sehr unmittelbar, so Giovanna. Fausto nämlich, so zumindest habe er erzählt damals, habe genau sieben Tage nach dem Tod oder eben dem Verschwinden Marias, als er in Lamezia Terme aus der Polizeistation herausgetreten sei, in welcher er zum Unfall Marias befragt worden sei, Fausto habe also ihn, Leer, sieben Tage nach dem Unfall bereits einmal getroffen. Und nun, als er ihn, Leer, gestern Morgen im Wohnzimmer der Großeltern gesehen oder eben wiedergesehen und wiedererkannt habe, da sei er beinahe durchgedreht. Natürlich, man wisse es auch im Dorf, dass bei Fausto Wahrnehmung und Einbildung manchmal durcheinander gerieten. Trotzdem, dunkle Gedanken seien aufgekommen, schon seien neue Mordtheorien in Umlauf gesetzt worden, wilde Spekulationen, und die Großeltern hätten der Sache ein Ende bereitet. Ruhe, kein Wort zum Fremden, eine Nacht noch höflich bewirten und dann weg. So sei ihre Devise gewesen, eine vernünftige Devise, wie sie, Giovanna, meine.

Die Geschichte, wie Fausto sie uns damals erzählt hat? Fausto tritt auf die Piazza vor dem Polizeiposten. Von der Stazione her nähert sich ihm ein Fremder. Der Fremde spricht ihn an und fragt nach einem Touristenbüro in Lamezia Terme. Fausto kennt keines. Er fragt zurück, wonach er, der Fremde, suche. Der fremde Mann, in schlechtem Italienisch, sagt, er wolle sich nach den Busverbindungen hier in der Region erkundigen, denn er beabsichtige ein Dorf zu besuchen, das San Pietro a Maida heiße, und er wisse nicht, ob man da mit öffentlichen Bussen hingelangen könne. Fausto fragt, was er da wolle. Der Fremde erzählt ihm eine Geschichte: Er sei Lehrer gewesen im Elsass und nun sei er Schriftsteller. Er habe die Absicht, einen Roman zu schreiben, in der eine Schülerin eine zentrale Rolle spiele, eine Schülerin, die er sehr geliebt habe. Diese Schülerin stamme aus diesem San Pietro a Maida, ursprünglich, und deshalb wolle er dieses Dorf sehen, um sich eine Vorstellung machen zu können. Fausto fragt weiter:

»Wie heißt die Schülerin?«

Der Fremde zögert für Augenblicke. Dann sagt er: »Maria.«

Fausto: »Ich bin ihr Cousin.« (Er sagt nicht: Ich *war* ihr Cousin, er verschweigt, dass sie vor genau sieben Tagen umgekommen ist. Immerhin, er weiß nicht, was der Fremde weiß.) Und er sagt: »Sie können mit mir ins Dorf fahren.«

Der Fremde lehnt ab. Es sei für sein Schreiben sehr wichtig, dass er mit öffentlichen Bussen ins Dorf gelange, ganz wichtig sei das. Er fragt aber nach Faustos Adresse und stellt in Aussicht, dass er ihn vielleicht besuchen komme. Vor allem habe er Fragen. Fausto kann nicht verstehen, weshalb es einen Unterschied machen soll, mit einem Privatauto oder aber mit einem öffentlichen Bus in ein Dorf zu fahren. Er findet den Fremden komisch, vermutet einen Vorwand, gibt die Adresse aber dennoch.

Der Fremde sei dann doch nicht aufgetaucht. So Giovanna. Sie zündete sich eine Zigarette an und streifte mit der Hand ihre langen, schwarzen Haare aus dem Gesicht. Leer saß da und sein Gesicht wurde ganz kindlich. Im Stirnbereich hatten sich die üblichen Kopfschmerzen eingestellt, angenehme Schmerzen, die jeden Gedanken sofort töteten und Leer in einen Dämmerzustand versetzten. Er hatte keine Meinung mehr, plötzlich, er wollte, dass Giovanna weitererzählte, endlos weitererzählte, und bereits hatte sich in einigen Regionen seines Gehirns eine Vertrautheit eingestellt, es dachte da nämlich: *Ja, das ist ja meine Geschichte. Bin also in Kalabrien gewesen, vor drei Jahren.* Eine Erregung entstand in den Hoden und breitete sich im Bauch aus. *Fahr weiter, Giovanna, bitte fahr weiter.* Giovanna aber schwieg. Und dann, mit einer unnatürlichen Körperzuckung eingeleitet, einer epileptischen Geste sozusagen, veränderte Leer seine Sitzhaltung und sagte: »Ich war nie in Kalabrien, Giovanna. Nie.«

Leer, einmal mehr, sah sich von einer Verwechslung überrollt. Er wollte die Rolle Hofers aufschlüsseln, wurde nun aber selbst zu einem ungeklärten Zeichen. Er wollte nachforschen und einmal mehr verlor er die Autorenschaft. Leer griff nach unbeholfenen Wendungen, er wurde explizit und nachdrücklich. Giovanna glaubte ihm, sie behauptete es zumindest. Vielleicht hatte sie auch ein wenig Mitleid. Giovanna studierte in Napoli Schauspiel und Kunst. Wie schön sie war! Schwarze Haare, große schwarze Augen, zierlich, an den Armen muskulös und behaart. Man vergaß für Augenblicke das Thema. Man sprach über die Malerei im Mittelalter und in der Renaissance. Über die Höllenbilder des Hieronymus Bosch sprachen sie und über das Schauspiel zu Zeiten Shakespeares. Dann unterbrach Giovanna und sagte, dass sie in zehn Minuten gehen müsse. »Wirklich?« – »Ja, wirklich! Ich erzähle dir jetzt die Geschichte, die in meinem Kopf ist, sie dauert keine zehn Minuten. Es taucht da auch der auf, den du suchst – Hofer« (hatte Leer ihr von Hofer erzählt?), »und vielleicht hilft die Geschichte dir weiter. Es ist die dritte Geschichte eigentlich und ich erzähle sie dir unter der Bedingung, dass du mir versprichst, nicht länger in Kalabrien zu weilen. Es ist auch besser für dich, übrigens. Verlorene Zeit, sonst nichts.«

»Vergessen wir einmal, was die Wahrheit um Maria gewesen ist und für alle Zeit gewesen sein wird, vergessen wir das. Ich habe nachgedacht und es hat sich eine Geschichte ergeben. Und also erzähl ich sie dir – und glaube nicht, dass du in meiner Erzählung nicht ebenso eine Rolle spielst, Leer, ich werde dich erzählen, Leer, den Freundinnen im Seminar verplaudern, zum Beispiel: In der Pause einer Theateraufführung, vielleicht fällst du mir da ein, wer weiß, aber zurück zur dritten Geschichte: Der Typ am Strand, Leer, nennen wir ihn Hofer, Leer, soll, so die feste Überzeugung einiger in unserer Familie, Maria ermordet oder aber sie zum Verschwinden gebracht haben. Es hat, so einige Quellen, die zu nennen wirklich keinen Sinn macht, es hat gar Indizien gegeben, dass jener Typ vom Strand in der darauf folgenden Nacht in San Pietro a Maida aufgetaucht ist. Insbesondere ein anderer Cousin Marias will ihn – ich sag *will*, Leer! – abends im Dorf gesehen haben. Die Polizei hat daraufhin in Zusammenarbeit mit den französischen Behörden die Identität jenes jungen Mannes klären können und dieser Mann ist dazumal tatsächlich nicht wieder in Frankreich aufgetaucht. Es ist der Polizei jedenfalls nicht gelungen, ihn in seiner Heimat zwecks einer Befragung aufzugreifen. Seine Spur ist vielmehr hier in Lamezia Terme verloren gegangen, wo er sich zuletzt in einem Hotel unter falschem Namen für zwei Nächte eingeschrieben hat. Aufgefallen ist dem Hotelpersonal vor allem seine auffällig weiße, um nicht zu sagen bleiche Haut. Hinweise, er sei nach Malta geflüchtet, hat es gegeben, etwas später, sie sind aber nicht bestätigt worden. Auch die Geschichte, er sei mit Maria auf dem Seeweg über Sizilien nach Marokko durchgebrannt, ist Fiktion geblieben. Er hat Hofer geheißen. Ist das nicht ein deutscher Name, Leer?«

»Ja.«

»Kommt das von ›Hof‹, Leer?«

»Vielleicht, ich spreche nicht sehr gut Deutsch.«

»Aber Leer, ein bisschen Deutsch wirst du doch sprechen, als Elsässer!«

»Ein bisschen, ja.«

»Kommt es auch von ›hofieren‹, ›im Hof ackern‹, ›sterben‹?«

»Ackern, sterben, krepieren – ich weiß es nicht, Giovanna.«

Giovanna lachte. Sie habe nur drei Jahre Deutsch gehabt. Auf dem Gymnasium. Sie fände es eine schöne Sprache. Aber die Zeit dränge, er solle den Schluss hören, ihre Sicht der Dinge, wie sie es nannte. Es habe sich vor drei Jahren hier zwischen San Pietro a Maida und der tyrrhenischen Küste ein ganz banales Liebesdrama abgespielt. Hofers Reise nach Kalabrien sei ein letzter und schon sehr verzweifelter Versuch gewesen, so denke sie, Maria in seine Arme zurückzuholen. Die Tatsache, dass sich Maria aus seinen Armen gewunden habe, habe ihn zum Wahnsinn gebracht und er habe nach ihrer Verweigerung am Strand zum Letzten ausgeholt. Was also frühmorgens zwischen San Pietro a Maida und dem tyrrhenischen Meer sich abgespielt habe, sei sozusagen das Letzte gewesen, Hofers Letztes. Fausto sei da hineingeraten, sehr hilflos, sehr naiv, wie ja fast alle jungen Männer hier im Dorf und in Kalabrien naiv und unaussprechlich kindisch seien. Er sei tatsächlich auch des Mordes verdächtigt worden – für die Zeit des so genannten Unfalls habe dieser Kindskopf ja auch kein Alibi vorlegen können. Die Stelle, an welcher das Auto über die Straße hinweg ins Meer gerast sei, sei vollends übersichtlich und ungefährlich – es gebe ja auch keine gefährlichen Stellen in der näheren Umgebung, so Giovanna. Also habe Fausto in seiner Verzweiflung halt das Auto ins Meer gestürzt, um eine Wirklichkeit heraufzubeschwören, die ihm immerhin den kindischen Glauben gelassen habe, Maria habe sich seinetwegen umgebracht. Noch kindischer als Fausto aber sei vielleicht dieser Leer, den sie nun ganz bestimmt von ihm, der ihr gegenübersitze, abgrenzen möchte. Dieser nämlich habe letztlich nach einer Leiche in seinem Kopf gesucht. Einer Kopfleiche sei er auf der Spur gewesen, die er für seinen Roman benötigt habe. Jedenfalls sei die Maria im Kopf jenes Lehrers mit Sicherheit schon tot gewesen, als er damals in Lamezia aufgetaucht sei. Ob auch gerade erst sieben Tage tot, das könne sie nicht sagen. Soviel sie wisse – und sie habe Freunde in Frankreich –, sei übrigens aus dem Roman nie etwas geworden. Wahrscheinlich sei die Maria im Kopf jenes Leer schon vor dessen Kalabrienreise abgestorben, in irgendeiner Windung verendet, und danach habe dieser Leer noch einen geografischen Raum für diesen Tod gesucht, um mit ihm nicht allein zu bleiben.»Und nun kommst du und hast eine weitere Geschichte der Verwechslung, die dich hierher, nach Kalabrien, getrieben hat. Ich sage dir, verwechsle deine Verwechslung nicht. Und nähre nicht zusätzlich noch all die Geisterseher und Kindsköpfe hier im Dorf!« Giovanna stand auf, lächelte und sagte: »Du weißt, das ist meine Sicht, vielleicht ist Maria ja doch tot. Vielleicht gibt es ja doch eine Leiche, wer weiß! Nun muss ich mich beeilen.«

»Weshalb weißt du, dass ich Hofer suchte?«

»Aber Leer, das ist wirklich einfach. Du verrätst deine Geheimnisse, ohne es zu merken. Schlimm für dich, Leer. Übrigens, ich verstand mich mit Maria ausgezeichnet, falls dich das interessiert.«

Giovanna verstaute die Zigarettenschachtel in der Handtasche, warf sich die Lederjacke um die Schultern, bot dem sitzenden Leer die Wange zum Kuss und verschwand.

Nachdem die schöne Giovanna verschwunden war, war es sehr leer in Leer. Natürlich wusste er, wo gewisse Schlüssel lagen, und er hätte gar wissen können, wo der einzige Schlüssel lag, der die Verwechslungen und letztlich *die* Verwechslung hätte aufklären können. Aber er wusste nicht, welcher Leer es war, der das hätte wissen können. Er wusste nicht, war er der der Maria nachreisende Leer? Oder war er als Knaben-Lehr versehentlich Hofer nachgereist? Oder aber waren Maria-Lehr und Knaben-Leer Figuren, die beide mit ihm nichts zu tun hatten? Mit diesen Fragen saß er also allein in der Bar gegenüber der Stazione in Lamezia Terme und er wusste nicht, wohin er gehen sollte. Er rief Stunden später Ferrer an und sie vereinbarten einen Ort und eine Zeit. Er schaute sich dann nochmals die Karte Kalabriens an und fand es sehr seltsam, dass Maria nördlich von Lamezia verunglückt sein soll. Der Strand lag südlich. Wollte sie abhauen? Bereits auf dem Weg nach Norden? Wohin?

Beim Warten auf Ferrer ersann sich Leer Geschichten. Zum Beispiel: Nach Marokko soll Hofer geflüchtet sein. In Begleitung einer gewissen Grazia. Dort verliert sich die Spur. Nicht ganz zwar – Jahre nach dem Mord an Maria und dem Verschwinden Hofers soll diese gewisse Grazia wieder aufgetaucht sein, in der Nähe von Colmar soll sie geheiratet haben und nun ein unauffälliges Leben als Mutter zweier Kinder führen. Nun ja, sie will sich von Hofer schon am zweiten Tag jener Marokkoreise, wie sie diese Flucht nannte, in gegenseitigem Einverständnis und ohne jede Zwietracht getrennt haben und darauf mit einem der nächsten Schiffe nach Südspanien aufgebrochen sein. Die Geschichte befriedigte Leer nicht.

V. Gang zu den Müttern

Ler fährt mit der Nummer fünfzehn und dann fährt er noch mit der Nummer zwei und dann steigt er aus und biegt rechts um einen Häuserblock, stößt eine Tür auf, nimmt den Lift in den zweiten Stock, drückt eine Klinke und fällt aufs Bett. Frau Charkeminski, eine entfernte Verwandte eines abgewählten polnischen Expräsidenten, ist eine große, schlanke und schöne Frau. Ler sagt: »Gang zu den Müttern.« Frau Charkeminski lächelt. Ler liegt auf dem Bett. Auch Ferrer hat Probleme mit seiner Mutter, seiner Kindheit und dem Schlaf. Ler ist nicht der einzige.

Das Zimmer ist weiß. Die Stühle sind grün. Das Bett steht an der Wand. Ler müsste sich nicht aufs Bett legen, aber er tut es. Wenn er liegt, rutscht Frau Charkeminski mit ihrem Stuhl behutsam näher. Sie klärt ab, ob er sich nicht bedrängt fühle und ob alles stimme. Es stimmt alles und doch nichts. Ler soll tief atmen und es soll aus diesem Atmen hervorgehen, was sich lange schon melden möchte. Geschickt versucht Frau Charkeminski durch allerlei Tricks Lers Selbstzensur zu umgehen. Aber auch Ler kennt Tricks. Er weiß zum Beispiel (oder er glaubt zu wissen), dass Frau Charkeminski es gerne hört, wenn er von Sex spricht. Er spricht also von Sex und genießt Frau Charkeminskis lang gezogenes, tiefes Ja, mit dem sie Lers Sätze und Wortfetzen begleitet. Es tut so unglaublich gut, dieses Ja der Frau Charkeminski, ein Ja, in welchem alles Verständnis der Welt enthalten scheint. Manchmal begleitet ihn Frau Charkeminski bis ins Mittelalter zurück. Ein Mädchen und ein brauner Acker, das taucht immer wieder auf. Ritter und Pferde. Kämpfe und Körper. Ist Ler das Mädchen, das nackte, dreizehnjährige Mädchen, das hinter einem Wald auf einem Acker liegt und das manchmal von Rittern auf ein Pferd gezerrt wird? Ler soll sprechen. Frau Charkeminski kennt keine Antworten. Es soll direkte Rede sein. Keine Zeit für Reflexion und Inszenierung. Ler spricht mit seinen Füßen. Die Füße sprechen mit ihrem Ler. Sie sagen: »Wir wollen heim! Hol uns zurück, wir frieren, es ist uns kalt, schrecklich kalt!« Und Ler sagt: »Ihr gehört nicht zu mir, ich habe nichts mit euch zu tun.« Und dann: »Ich bin nicht. Mich gibt es nicht. Mich gibt es überhaupt nicht.« Und es wird ihm warm ums Herz bei diesem Satz. Er fühlt sich aufgehoben in diesem Satz. Ein Wohlgefühl erzeugt dieser Satz, ein unglaubliches Wohlgefühl: *Mich gibt es nicht.* Ler ist so glücklich, dass es ihn in Frau Charkeminskis Therapieraum nicht mehr gibt. Er sagt es immer wieder und steigert sich in ein Glück hinein, das er sonst nicht kennt: *Mich gibt es nicht,* immer nur das, und es ist die Wahrheit und ganz heiß ist es in Ler und er weint vor lauter Glück: *Mich gibt es nicht!* Und plötzlich sind die Füße heimgekehrt, immer dann, wenn Ler nicht sein muss, wenn er frei wird vom Leben, können die Füße heimkehren.

An der Mündung liegt die Mutter und singt ein Lied. Ist das nicht ein schöner Satz, Frau Charkeminski? Frau Charkeminski lächelt. »Sie haben Ideen«, sagt sie.

»Ich bin nicht gerne gewandert, ich habe mit meinen Füßen den Boden geschlagen, mein Gehen war die nackte, aussichtslose Gewalt gegen den Boden. Musste ich eine Anhöhe erklimmen, eine Treppe ansteigen – nicht nur auf Wanderungen, auch im täglichen

Dahin und Daher –, so peitschte ich meine Füße mit Hass voran, das Gesicht verzerrt, und es war tatsächlich, als würde ich den Boden zerstören wollen, vergewaltigen, schänden, jeder Tritt, jedes Vorankommen war ein Schänden.« Am Ende der Sitzung gibt Ler Frau Charkeminski die Hand und sagt: »Ist nicht jedes Vorankommen ein Schänden?« Frau Charkeminski lächelt wieder: »Vielleicht, man kann das so sehen. Was mir nicht klar ist, was war zuerst? Das Wandern oder der Hass auf den Boden?«

In einer Nacht-und-Nebel-Aktion haben dunkle Gestalten den Hafen von Genua in die Luft gesprengt. Die Stadt flog mit. Hunde am Himmel. Tote Fische summten das Forellenquintett. Vier Solisten, ein Argonaut.

»Ich stehe auf einem Kriegsfeld. Der Krieg ist vorbei. Der Himmel ist braun und dunkelgrau. Zerstörte Mauern, Baumstümpfe und verbrannte Wracks ragen aus dem Morast. Es gibt keine Zeit mehr, in keiner Himmelsrichtung gibt es eine Zeit. Ja, die Himmelsrichtungen selbst haben aufgehört. Ich muss aufräumen, ein Befehl. Ich muss bis in alle Ewigkeit aufräumen, weil die Zeiten nicht mehr sind. In einem vollkommen mit Dreck und Morast bespritzten Jeep kommt einer angefahren und erteilt den Befehl aufzuräumen. Er schreit: *Aufräumen!* und muss dann schrecklich loslachen, ein im äußersten Maß zynisches Lachen. Er hat den Krieg genossen, er hat gekämpft wie ein Schwein, er hat alles in Schutt und Asche gelegt und jetzt lacht er mit zynischer Heiterkeit. Er weiß, dass es nie enden wird, das Aufräumen. Er weiß das. Ich bin dieser Kommandant. Und gleichzeitig bin ich der Soldat, der aufräumen muss in einer Angelegenheit, mit welcher er nichts zu tun hat. Ich bin ein Schlächter, ein Täter, der sich selbst die Arbeit befiehlt. Aber mehr bin ich der Soldat. Ein bisschen mehr. Ich glaube nicht, dass es einen Himmel gibt. Mit einer Schaufel stehe ich zwischen den abgeschlagenen Bäumen im Morast und die Trauer ist so groß geworden, dass ich sie nicht mehr begreifen kann.«

Ler liegt auf dem Bett. Die Augen hält er geschlossen. Was meldet sich? Was sehen Sie? Haben Sie Erinnerungen? Was Ler sieht, sind keine Erinnerungen, es ist einfach wahr. Tscherkessen verkaufen Rosen. Manchmal sind es Mammeluken. Vereinzelt trifft man einen Risotto. Ferrer zieht Ler zur Seite, zeigt: *Da, ein Risotto!* Ler kann es kaum glauben. Ein Risotto! Verkauft Rosen! Vorerst glaubt man, es sei ein Tscherkess, ein Neger auch, ein Zopilot, und bei näherem Betrachten wird klar: Es ist ein Risotto. Daneben die Deutschen. Fleisch geworden. Ein außer Kontrolle geratenes Programm. Laborepidemie. Viele Deutsche sind eine Muttergans. Daneben: Hofer! Es ist kaum zu glauben! Hofer taucht auf! Hier in Rom! Hofer ist sogleich zu erkennen. Er ist bleicher. Was ist mit Hofer heute? Hier unten in Rom und bleich! Bleich ist er! Daneben Kutschen: In den Kutschen nicht die Bayern, in den Kutschen: Mongolen, Chinesen, Anotraupier. An den Wänden kleben Hunde. Und was macht Ferrer da unten? Er stampft Hunde ein. Die Tscherkessen haben die Technik nicht begriffen. Sie stampfen auch, aber bei ihnen überleben die Hunde mit zwei Beinen und einem großen Fragezeichen. Nachts um halb vier, wenn die Fotzen schweigen und die Schwüre implodiert sind, geht Ferrer durch die Straßen Roms und räumt die Fragezeichen weg. Da und dort zerdrückt er noch einen Hund – aus Mitgefühl und weil er seine Mutter grüßen will. Gerda heißt seine Mutter. Eine große Figur in Wagners Opern. Die Gerda aus dem Elsass. Sie singt jede Nacht in Ferrers Träumen auf. Sie singt hoch, nie tief. Sie ist Ferrers Königin der Nacht. Die Orchester hat sie totgesungen. Mehr Bomben, rufen die Terroristen von Genua, mehr Bomben, bitte.»Ferrer ist Ihr Freund?«, fragt Frau Charkeminski. »Ja, Frau Charkeminski, Ferrer ist mein Freund. Er hat mich einst vor dem Juristen gerettet.«

Ferrers Vater heißt Olaf. Olaf Ferrer, der Metzger von Thann. Er ist eine Forelle und schwimmt ins Quintett. Dann sprengt er den Staudamm. Mein Vater ist glücklich, sagt Ferrer immer wieder. Wenn der sprengen kann, ist er glücklich. Im Sturm legen die Frösche und die Mädchen ihren Laich ab. Dann gehen sie auseinander und die Mädchen, alles Teenager, kommen zum Petersdom. Da nehmen die Mädchen ihre Fotzen ab und legen sie auf einen großen Tisch neben dem Eingang. Während des Aufenthalts im Dom ist das Fotzentragen verboten. Wenn sie rauskommen, nehmen sie ihre Fotzen wieder auf, stecken sie zwischen die Beine und gehen. Dazwischen liegen die Fotzen auf dem großen Tisch und der Papst schleppt ein Waschbecken heran, nimmt die Fotzen weg vom Tisch und wäscht jede einzelne mit einem Schwamm. Dabei grinst er leise und summt das Forellenquintett.

Lehr hat einen Text von Ferrer mit sich. Er setzt sich auf den Stuhl und beginnt zu lesen. »*Prag war meine Kindheit. Es war die schöne Kindheit, die es nicht gab. Es war in Prag die schönste Trauer und es war keine Mutter in Prag. Prag war mutter- und vaterlos. Es war alles verwirrend und die großen Plätze, nicht die denkbar größten, waren eine Ankunft und eine Verheißung. Auf den großen Plätzen entleerte sich die bittere Angst, die Angst unbehüteter Neugier, entleerte sich mein ganzes Treiben in Tränen. Ich habe auf den großen Plätzen Prags, die ja nicht die denkbar größten sind, immer geweint und dann habe ich die Stimmen gehört, die noch weit hinter Prag lagen. In den Wäldern und in den Ebenen des Ostens, die sich hinter Prag auftaten, dort waren die Stimmen; und der Wind nahm sie und wehte sie heran und brachte sie zur Anwesenheit. In Prag war die Abwesenheit anwesend. Es waren die Stimmen, die selbst nicht zu Prag gehörten, die Prag groß machten und öffneten und mir die Idee gaben, dass es noch etwas anderes geben müsse, bestimmt etwas anderes, und weil das so war, war Prag das Andere – oder zumindest näher beim Anderen und die Zeit war eine andere, denn in der Zeit wohnen die Stimmen und nichts anderes wohnt in der Zeit. Wenn wir von Zeit sprechen, dann sprechen wir von Stimmen, die wir zu hören glauben, irgendwo in der Luft, meist hinter dem nächsten Haus oder gar noch hinter einem weiteren, hinter einer Mauer, einer stillgelegten Fabrik, hinter Bahnhöfen und hinter endlosen Geleisen. Noch hinter den Stimmen aber, Stimmen, die von Osten kamen, damals in Prag, immer von Osten, hinter den Stimmen, und ich wusste das ja immer schon, da müsste nach tausend Jahren das Fest kommen, der Tanz. Dieses Fest aber versteckt sich hinter den Stimmen und hinter dem Osten und hinter einer schweren, alten Trauer und den orthodoxen Gesängen, die die traurigsten Gesänge sind, die denkbar traurigsten und schönsten. In der Einzimmerwohnung in den Savoyen gab es keine traurigen Stimmen. Da gab es die Stimme meiner Mutter, eine fröhliche Stimme, und das Schweigen meiner Brüder und meiner Halbschwester, das gab es auch.* Das, Frau Charkeminski, hat Ferrer geschrieben. Einmal hatte er die Idee, das Geheimnis des Selbstmordes seiner Halbschwester müsse ebenso hinter all den Stimmen liegen und er würde hinter all diesen Stimmen seine Halbschwester tanzen sehen, weit im Osten tanzen – zusammen mit Indern.«

Am Ende der Sitzung fragt Frau Charkeminski, ob er, Ler, sich manchmal als Ferrer fühle. »Schwigrig, Frau Charkeminski, sehr schwierig, diese Frage. Ich fühl mich ihm zumindest sehr nahe, vor allem in Mutterfragen. Mein Vater, wissen Sie, ist schon lange tot. Ich kann mir Väter letztlich bloß als tote Väter denken, zunächst als Handorgel spielende und danach als an Krebs sterbende Väter, in dieser Abfolge, Frau Charkeminski, treten bei mir die Väter auf. Mein Vaterbegriff ist eigentlich eine Mischung aus Handorgel und Krebs. Da unterscheide ich mich von Ferrer. Aber sonst sind tatsächlich viele Gemeinsamkeiten gegeben. Auch ich, Frau Charkeminski, auch ich versuchte es mit Schreiben, es weiß dies bloß niemand. Aber ich versuchte es, ich schrieb einen Roman und setzte Figuren, Frau Charkemsinki. Und dann sandte ich den Roman ein, meine letzte Handlung sozusagen, und man schrieb mir: Lernen Sie von den Großen ihres Faches. Ferrer aber, ich mag es ihm gönnen, Ferrer hat Erfolg.«

Heute hat sich der Papst rasiert. Es gab fünf Tote. Eine Nonne liegt mit schweren Verbrennungen im Spital. Heute sind die Zinsen gestiegen. Hoch oben in der Luft sind sie mit den Hunden zusammengestoßen und explodiert. In den verstreuten Leichenteilen summten Forellen ein Quintett.

»Nachts, um halb zwölf, Frau Charkeminski, wenn die letzten Freunde den Menschenfreund verlassen und das Feld geräumt ist, dann setzt die Familie noch gemeinsam die Schritte im Garten, und dann hat sich Fetz ein weiteres Mal als toller Mensch entpuppt, ebenso Hubs, ebenso Rolp, dann habe sich alle Rolps und alle Hubs' ein weiteres Mal als tolle Menschen entpuppt, und dann hat Mutter die Natürlichen entdeckt, die ganz Natürlichen, und der Vater zerstampft mit seinen Velohändlerbeinen die letzte Zigarette im Boden des Eigentumgartens und er lacht dabei gar ein wenig laut, so dass ich erschrecke, und ich weiß, dass es lauter Tolle und Natürliche gibt, und so, Frau Charkeminski, steige ich ins Bett und bin dann ganz allein mit mir und im Traum wuchern die Tollen und die Natürlichen nach allen Seiten aus und ich verbrüdere mich mit Fetz und Hubs und Rolp und den Natürlichen und all den Bratwürsten. Wenn der kleine Ler dann erwacht, Frau Charkeminski, mitten in der Nacht, und ein kleines Knarren hört, dann stellt er sich die Hölle als das Schlafzimmer seiner Eltern vor.«

Ler spricht über Wanderwege, er sagt: »Der Wanderweg hat das Zerstampfte und die Zuversicht von Wanderwegen; er hat das Braun, das erdbraun Gesunde, über welches Familien hinwegziehen an Sonntagen; er hat das Unerschöpfliche, das ein Wanderweg hat, den Reichtum und die Ewigkeit; er hat das Nach-vorn-Ziehende, das ein Wanderweg hat und das einen Weg zum Wanderweg macht; er hat das Gesunde, das jeden wunden Fuß heilt und die kranken Gedanken tötet und die schmutzige Sprache ermüdet, bis sie abstirbt; der Wanderweg ist immer der Weg in die freie Welt, wie jeder Wanderweg ein Wanderweg in die freie Welt ist; es ist der Wanderweg selbst schon die freie Welt, weil jeder Weg das Ziel ist und jeder Wanderweg das Wanderziel; er ist die nicht vollends flach gewordene Freiheit; er reicht den Füßen die Unebenheiten und Natürlichkeiten, die sie brauchen, er gibt den Füßen und den Beinen und den Gelenken und den Kniescheiben aufs Haar genau ihren Teil; und er weiß, was gut ist und weshalb Menschen wandern sollen, und er lädt ein, er bittet freundlich und zwingt.« Ler hat geendigt und Frau Charkeminski sagt: »Sehr schön, Herr Ler, sehr schön.« Ler hat das Falmilienalbum und die niedersächsische Lokalzeitung mitgebracht. Frau Charkeminski fragt: »Wer ist die Person auf der Foto? Wer hat die Knaben entführt? Wer hat sie ermordet?« Ler kann nicht spontan antworten. Es geht nicht. Er erinnert sich an eine Szene mit Sandra Bandler, er erzählt: »Das sei nicht ich, da auf dem Foto, sagte Sandra Bandler. Sie lag über den Sims gestreckt und sagte, das sei nicht ich. Das sei eine Hälfte von mir. Aber die andere Hälfte, die rechte, die sei komplett anders. ›Es scheint mir, als sähe ich ein totes Gesicht‹, so sagte Sandra Bandler. Ich hingegen, so sagte sie, lebe mit zwei Hälften, und ich versteh nicht genau und schrei zu der auf dem Sims ausgestreckten Bandler: ›Wie meinst du das?‹ Ich war sehr beunruhigt. Zunächst der Besuch, der Jurist mit den Eltern und dann dieses Foto, aus den Händen des Rektors erst noch, und Sandra Bandler spricht in Metaphern. Ich hatte das Gefühl, sie misstraue mir, grundsätzlich. In der gemeinsamen Wohnung fanden sodann mehrere Krisensitzungen statt. Ferrer und Bandler sprachen mir dabei ihr uneingeschränktes Vertrauen aus. Im kalten Neonlicht mussten die beiden schwören, dass sie von einer Verwechslung überzeugt seien.«

Geboren 1969 in Metz. Sohn eines Velohändlers. Die Kindheit von mütterlicher Fürsorge und Pflege überschattet. Studium. Lehrer. In Glonville auf Knaben gestoßen. Später auf deren Mutter. Einmal in Berlin. In dieser elenden Bar. Kerian nicht gesehen. Einen polnischen Jungen, ja, aber nicht Kerian! Ler berichtet: »›Und Maria?‹, fragte Bandler. ›Maria war meine Schülerin. Ich liebte sie, das stimmt.‹ Ich zögerte. ›Ich liebe Frauen, junge Frauen, ihr wisst es, hättet es zumindest vermuten können‹, sagte ich dann. Ich spielte mit den Fingern und fügte bei: ›Einen Hofer allerdings, einen Hofer ...‹, ich brach ab, schüttelte den Kopf. ›Ja, was ist mit dem?‹, fragte mich Bandler. ›Einen Hofer kenn ich nicht‹, sagte ich. Ich schwieg dann. Ferrer zündete sich eine Zigarette an. Dann, nachdem er den ersten Rauch ausgeblasen hatte, sagte er: ›Junge Frauen, das ist kein Problem. Wir wollen da einfach nicht hineingezogen werden, verstehst du?‹ – ›Wie hineingezogen?‹, fragte ich sodann etwas verwirrt. ›Das sind deine Frauen, verstehst du, deine Angelegenheit. Wir verraten dich nicht, wir decken dich nicht‹, das erwiderte er. ›Da gibt es nichts hereinzuziehen – klingt ja, als ob was wäre, Zirkel, Mädchenhandel oder so...‹, sagte ich dann. ›Ich meine bloß...‹, sagte er. ›Ich hab noch nie mit einer Schülerin geschlafen, verdammt!‹ Das schrie ich dann und meine Stimmbänder rissen. Darauf trat Stille ein. Anderntags lag ein Schreiben in der leeren Küche. Ferrer und Bandler waren schon weg. Ich begann zu lesen: ›Lieber Lehr, lieber lieber Leer (wie immer du dich gern geschrieben siehst). Wir vertrauen dir. Du bist kein Mörder. Du liebst Frauen. Du wirst verwechselt. Wir glauben dir. Und was nun, Ler? Ein Vorschlag: Geh dieser Verwechslung nach, aus eigenem Antrieb, geh, bevor die Polizei da ist. In Freundschaft. Ferrer. Bandler. PS: Falls du Geld brauchst, schreibe unseren Müttern. Wir wissen nicht, wie lange wir noch hier wohnen bleiben.‹«

Ler glaubt, dass Frau Charkeminski feucht wird zwischen den Beinen, wenn er von Sex spricht. Er stellt sich vor, wie er plötzlich vom Bett hochschnellen würde und wie er unter dem Stuhl von Frau Charkeminski einen Fleck sähe. Manchmal glaubt er Frau Charkeminski keuchen zu hören und er sieht in Gedanken den roten Kopf der würdigen Frau. Einmal fiel ihm mit geschlossenen Augen auf dem Bett liegend und mit den Füßen gegen die Matratze stampfend ein, dass Frau Charkeminski im selben Augenblick die Hand an sich legen würde. Eineinhalb Meter von ihm entfernt. Er war drauf und dran zu sagen, dass er sich vorstelle, wie sie, Frau Charkeminski, während seinen Ausführungen feucht werde zwischen den Beinen. Drauf und dran war er, weil Frau Charkeminski ihn jederzeit dazu anhält, zensurfrei zu sprechen. Er hat es nicht gesagt.

Wenn Ler Frau Charkeminski das Geld überreicht, so tun beide so, als ob es sich dabei um einen vollkommen abgesetzten Vorgang handelte. Man beschränkt sich auf wenige Worte, offenes Nachzählen wird vermieden. Beide sind sich der Lächerlichkeit bewusst. Wenn Frau Charkeminski eine Quittung auf einem verschämt kleinen Papier ausstellt (es könnte sich um einen Einkaufszettel handeln), so bückt sie sich über das kleine Holzpult, das ganz dünne Beine hat. Und in diesem Augenblick des Sichbückens wird Frau Charkeminski noch größer und das Tischchen noch kleiner, als beide ohnehin schon sind.

Während den Sitzungen rumort es manchmal ganz stark im Magen von Frau Charkeminski. Ler liegt auf dem Bett und hört das Rumoren. Er kann es nicht fassen, dass es im Magen dieser würdigen Frau so stark rumort. Gerade weil es sich bei Frau Charkeminski um eine würdige Frau handelt, fällt das Rumoren so ungeheuerlich auf. Es ist die Würde, die das Rumoren in seiner Bedeutung über alles hebt, und Ler beginnt plötzlich laut zu lachen auf dem Bett, weil ihm die Unmöglichkeit einer Verbindung von Frau Charkeminskis Würde und diesem Rumoren im Magen bewusst wird. Das Rumoren im Magen setzt Frau Charkeminskis Würde einer Belastungsprobe aus, wie dies kaum etwas anderes zu tun im Stande wäre. Frau Charkeminski ihrerseits hat, wenn Ler nicht gerade in einen Redeschwall sich hineingeatmet hat, keine Möglichkeit, dieses Rumoren irgendwie zu verbergen. Ler kann mit geschlossenen Augen spüren, wie Frau Charkeminski alle Anstrengungen unternimmt, dieses Rumoren zu unterbinden, und gerade diese Anstrengungen erhöhen bei Ler den Lachreiz. Nach dreimaligem Rumoren pflegt sich Frau Charkeminski zu entschuldigen. Sie will mit diesem Rumoren im Magen nicht den Eindruck erwecken, als seien ihre Gedanken schon vollständig beim Mittagessen, gleichzeitig merkt sie, dass sich dieses Rumoren ja gerade in diesem Sinne anhören muss. Es muss Ler gezwungenermassen denken, Frau Charkeminski sei in Gedanken beim Essen – und Frau Charkeminski weiß um diese Zwangsläufigkeit und es ist ihr ungeheuer peinlich. Sie fragt etwas verunsichert: »Sie lachen?« Ler sagt: »Ich lache, weil es in Ihrem Magen rumort. Ich kann nicht anders als lachen, wenn ich das Rumoren in Ihrem Magen höre.« Nun lacht Frau Charkeminski ansatzweise auch mit und sagt: »Sie müssen mich entschuldigen, ich muss nächstes Mal vor der Sitzung etwas Kleines essen.« Wäre Ler spontan gefragt worden, bei wem er ein Rumoren des Magens für ausgeschlossen hielte, er hätte, bevor er dieses Rumoren bei Frau Charkeminski zum ersten Mal gehört hatte, er hätte mit »bei Frau Charkeminski« geantwortet. Deshalb war es für ihn umso überraschender, als er dieses Rumoren zum ersten Mal im Magen von Frau Charkeminski hörte. Nie und nimmer, so hatte er gedacht, würde die Würde der Frau Charkeminski ein Rumoren im Magen zulassen.

»Wenn ich daran denke, wie Ferrers ehemaliger Freund, der Maler Florini, sein Bild, das er der Gemeinde schenkt, selbst die Treppe zum Gemeindehaus hinaufstemmen und wie er dann schließlich auch für die Entsorgung aufkommen muss, der Gedanke, Frau Charkeminski, löst bei mir immer Lachkrämpfe aus. Ich lache mich tot, wenn ich daran denke, dass zur Übergabe der Schenkung seitens der Gemeinde bloß ein zweitrangiger Sekretär abbeordert wurde und dass Florini auch den Wein selbst mitbringen musste. Und es ist nicht Schadenfreude, Frau Charkeminski, die mich zum Totlachen reizt, nein, es ist einfach die Tatsache, dass sich die Welt so zeigt, wie sie ist, Frau Charkeminski, wahrhaft das. Ich lache ja über mich selbst, Frau Charkeminski, wenn ich über das Hinaufstemmen des Bildes lache, über meine kurzen Schreibversuche nach dem Studium, über die Kunst. Aber wirklich, will mich jemand aufmuntern, so muss er mir bloß von Florini erzählen und seinem Bild, das er seiner Wohngemeinde schenkt und das er selbst die Treppe zum Gemeindehaus hochstemmen muss, und schon muss ich lachen. Und dass es sich dabei um eine ganz kleine, eine letztlich ganz unbedeutende Gemeinde handelt, das erhöht den Lachreiz, Frau Charkeminski, das erhöht ihn. Das Scheitern schon ganz im Kleinen ist das schönste Scheitern, Frau Charkeminski! Können Sie sich das erklären, Frau Charkeminski, meine Lachlust? Meine Freude? Dieser Florini, der vor Jahren noch erklärt hat, was Kunst ist, verkauft inzwischen Bratwürste vor einem Einkaufszentrum. Ein anderer Künstler, Frau Charkeminski, er nannte sich MARSCH, großgeschrieben, er arbeitet nun vollamtlich auf einer Bank. Niemand wollte seine Tierchen sehen und seine Kunst- und Staatstheorien muss er jetzt seinen Bankkunden auftischen. Eine weitere Künstlerin, Helga, ich kenne sie nur beim Vornamen, Frau Charkeminski, wurde zuletzt bloß noch als lebende Fotze auf der Bühne eingesetzt. Sie brauchte nichts mehr auswendig zu lernen, einfach ihre Fotze musste her. In ihrer Heimatstadt läuft sie, nachdem ihre Fotzenauftritte bekannt geworden sind, mit einem Schleier herum. Offiziell will sie zum Islam übergetreten sein, aber wenn Sie mich fragen, Frau Charkeminski, so ist es die nackte Scham, die sie unter den Schleier treibt. Von meinem ehemaligen Freund Seudat, dem Miniaturkünstler, der all seine Miniaturen dem großen Neurologen Alexander Romanowitsch Luria gewidmet hat, welcher Ihnen vielleicht ein Begriff ist, Frau Charkeminski« – Frau Charkeminski nickt –, »von diesem Miniaturkünstler und Prosaisten weiß ich eigentlich nichts mehr. Er hat nach der Lesung in Ferrers Vogesentheater, eine Lesung, die laut Ferrer mit zum Peinlichsten zählt, was er, Ferrer, je miterleben musste, er hat sich danach bei der Stadtpolizei als Informationsbeauftragter gemeldet. Und wissen Sie was, Frau Charkeminski, auch dort ist er nicht groß herausgekommen, auch dort nicht!«

Gespräche über Kunst und Versagen führte Ler immer in einem der drei grünen Sessel in Frau Charkeminskis Therapieraum. Ging es ums Atmen und um Rückführungen, so lag er auf dem Bett. Meistens lag er auf dem Bett, denn sprach er zu lange über Kunst, so überkam ihn das Elend. Am Ende der Sitzung sagte er jeweils: »Oh, Frau Charkeminski, hätten wir doch nicht über Kunst gesprochen, oh, hätten wir doch überhaupt nicht gesprochen, ich fühl mich so leer und muss jetzt wieder raus. Das nächste Mal, Frau Charkeminski, führen Sie mich wieder zurück, weit zurück, bitte!«

Die Treppe führt in einen Estrich. Ler steigt die Stufen vorsichtig hinan. Tücher hängen an den schrägen Wänden und bewegen sich beinahe unmerklich. Ler, geh voran! Ler, du bist da! Ler steht auf dem hölzernen Estrichboden. Balken streben aus dem Boden hoch zur Decke. Draußen, es ist anzunehmen, scheint die Sonne. Der Estrich ist künstlich belichtet. Aufgeräumt ist es. Einige Schachteln stehen verloren den Wänden entlang. Der Geruch ist aus der Kindheit. Ler, geh voran! Bleib nicht stehen! Er durchmisst den vorderen Teil des Raums. Er geht zwanzig Schritte. Der Estrich verzweigt sich. Die Räume werden enger. Ler kennt den Weg. Er sucht eine Schachtel, eine hölzerne Spielzeugschachtel. Er weiß, dass darin die Tiere sind. Aber er weiß, dass es noch etwas anderes hat in der Schachtel. Etwas, das er damals, als er mit den Tieren spielte, nicht lesen konnte. Ein Papier. Einen Plan der Mutter. Ein Dokument aus der Frühzeit. Einen Vertrag mit Gott. Alles ist möglich. Die Geschwister sind auch auf dem Estrich. Sie versuchen mit stillen, schnellen Schritten ihm den Weg abzuschneiden. Aber Ler weiß, dass ihm hier auf dem Estrich niemand den Weg abschneiden kann. Er ist zurückgekehrt, aus dem Bett hat er sich erhoben und ist nach oben gegangen (niemals sollte man im Keller suchen) und die Lichter sind angedreht und die Mutter sitzt vor dem Haus in einem

Auto und schreit. Sie kann nicht fahren, er, Ler, sollte sie zum Einkaufen führen. Deshalb schreit sie. Er lässt sie warten. Ein fauler Vorwand, Mutter, das Einkaufen! Du wusstest, dass ich den Plan an mich nehmen würde. Und du wusstest, dass ich nun lesen kann. Du schicktest die Geschwister auf den Estrich – lächerlich, Mutter! Schrei du bloß da unten im Auto! Ler findet ein Haus, das aus Bambusstöcken gebaut ist. Es ist nur ein Skelett. Dieses Skelett steht im hintersten Winkel des Estrichs. Durch das Gerippe hindurch kann Ler die Schachtel sehen. Der Bruder löscht das Licht aus. Aber es ist Gott selbst, der das Licht wirft. Das Gotteslicht. Ler hört die Mutter schreien unten, die Schreie dringen bis hinauf und in den Himmel. Er greift durch die Bambusstöcke und mit aller Vorsicht nach der Schachtel, er hebt sie durchs Gerippe, er hält sie in Händen. Er öffnet sie. Tiere springen heraus, weiße Federn fliegen hoch, und dann ist die Schachtel leer. Ist das alles, denkt Ler. Wo ist die Kindheit? Wo das Papier? Er greift unter den samtenen Boden der Schachtel. Zum Vorschein kommt ein Papier. Ein Brief. Ein Dokument. Mutters Handschrift. Ler erkennt sie sofort. Niemals hat er Mutter schreiben sehen, aber er weiß, dass dies die Schrift der Mutter sein muss. Nur Mütter schreiben so. Und er beginnt zu lesen. Am Schluss lässt er das Papier fallen. Enttäuscht lässt er es fallen. Seine Enttäuschung ist so groß, dass alles um ihn herum weiß wird. Weiß und unendlich. Ich bin nicht, ich bin nicht gemacht, ja nicht einmal getäuscht worden bin ich, nicht einmal vorsätzlich getäuscht. Kein Vorsatz, keine böse Absicht. Nichts, ganz allein! Ler hört seine Füße schreien. Sie wollen nach Hause.

Zum Abschluss sagte Frau Charkeminski: »Nennen Sie sich doch Lr, Herr Ler – nennen Sie sich Lr, es kommt wirklich nicht mehr drauf an.« Aber dann sagte sie sofort, dass dies nur ein Scherz gewesen sei.

VI. Tod in der Halbwüste

Ferrer und Lerr trafen sich in Istanbul. Lerr reiste direkt von Kalabrien aus. Ferrers Entscheid stand auf der Kippe. Bandler versuchte ihn von der Reise abzuhalten. Sie warnte ihn vor den psychischen Folgen, erinnerte ihn an seine Instabilität und an den Rückfall, den er durch das Helga-Erlebnis in Hamburg erlitten hatte. »Lerr mag dein Freund sein, Ferrer, aber es ist weder zu deinem noch zu seinem Vorteil, wenn ihr zusammen verreist. Ihr werdet euch in eurer Instabilität gegenseitig gefährlich vorantreiben, Ferrer. Und noch eines, Ferrer, Lerr hat kein Ziel. Er betreibt Eigenlektüre und liebt es, sich möglichst verschieden auszulegen, Ferrer. Er nennt es Suche, er nimmt Namen zu Hilfe, Maria, Kerian, Spal, Hofer, er will nachforschen, wie er sagt, aber er hat sich schon längst in seiner Suche verloren, Ferrer. Er sucht nicht nach etwas Verlorenem, sondern er hat sich in der Suche verloren – siehst du den Unterschied?, und er weiß darum, Ferrer, und das ist gefährlich, gefährlich auch für dich. Lerr kann hier nicht leben, Ferrer, er nicht, die Frage ist, ob du es kannst oder überhaupt willst«, so argumentierte Bandler.

Ferrer anerkannte ihre Argumente, spielte aber die Gefahr herunter. Es gehe nicht um Flucht, sagte er. »Für Lerr vielleicht, für mich nicht.«

»Und was ist mit deiner Mutter, Ferrer?«, warf Bandler ein.

Ferrer wurde wütend: »Ich will ein Buch schreiben, Bandler, endlich ein Buch ohne Mutter, und dafür brauche ich Stoff. Lerrs

Anruf ist eine Gelegenheit!« Und das war die Entscheidung. Er würde auf Stoff stoßen, auf viel Stoff. Das war Ferrers Aussicht.

»Und was ist, wenn du den Stoff nicht in den Griff kriegst, Ferrer? Wenn vielmehr der Stoff dich...«

»Ach, hör doch auf. Es wird mein vierter Roman sein, Bandler. Da kann nichts mehr geschehen, ich meine, grundsätzlich nichts!«

Sie konnten sich nicht einigen. Beim Abschied auf dem Flughafen in Straßburg weinte Bandler. »Weißt du, was ich denke, Ferrer, ich denke, der Stoff werden nicht die Länder sein, nicht Pakistan, nicht Indien, Lerr wird dein Stoff sein. Also pass auf, pass sehr gut auf!«

Ferrer, von Bandlers letzten Worten innerlich überrascht, setzte die Abschiedsgesten mit gespielter Ruhe. Er wollte sich nichts anmerken lassen. Hinter Bandler stand seine Mutter Gerda, die ihm eine Schachtel mit gedörrten Bananen zum Flughafen gebracht hatte. Dann in Istanbul: Lerr und Ferrer in einem türkischen Bad. Dann am Schwarzen Meer: Ferrer und Lerr unter sinflutartigem Regen. Dann in Georgien: Lerr und Ferrer in abgelegenen Klöstern und an Tafelrunden. Sie trinken auf König David, den Erbauer, und auf das Goldene Zeitalter im georgischen Mittelalter. Dann in Baku: Ferrer und Lerr auf den Ölfeldern. Dann am Demavend: Ferrer und Lerr tanzen um ein Feuer. Dann in Esfahan: Ferrer und Lerr in Moscheen und im Opiumnebel. Dann am Persischen Golf: Lerr und Ferrer im Wasser. Dann in einem Hotel in Kerman: Ferrer und Lerr im Gespräch mit Touristen.

Lerr und Ferrer setzen über den pakistanischen Zoll und dann sind sie in der Wüste. Lerr sagt zu Ferrer: »Ferrer, der Tod ist ein Spiel, das gespielt werden kann oder auch nicht. Er ist ein Gesellschaftsspiel, und alle Gesellschaftsspiele, Ferrer, langweilen mich, seitdem ich zum ersten Mal eine Fotze geleckt habe, Ferrer, verstehst du den Zusammenhang?« Ferrer verneint und fragt, weshalb er, Lerr, jetzt gerade dieses Thema anspreche, wo sie über die Grenze seien. Lerr sagt zu Ferrer: »Ja, Ferrer, das Thema ist doch gegeben, da sind doch überall Todesgedanken hier in der Wüste, gezackte, blaue Todesgedanken, und es ist nicht möglich, diese Todesgedanken ernst zu nehmen, verstehst du, Ferrer, nicht möglich, denn sie können aufgehängt werden, diese gezackten Ewigkeiten, oder nicht – es spielt keine Rolle!«

»Hör mal, Lerr«, sagt Ferrer, »jetzt spinnst du vollkommen! Wir sind doch nicht hier, um die Todesproblematik zu wälzen, wir sind hier, weil wir dort nicht mehr sein können, das ist doch alles. Also hör auf mit diesen Todesgedanken, denn sie interessieren mich nicht, basta.« – »Aber Ferrer, es sind ja gerade keine Todesgedanken, die ich habe, es sind Gedanken gegen die Todesgedanken, es sind Voten, die allesamt für die Irrelevanz und die Schönheit der Todesgedanken sprechen, und deine Stellungnahme verrät mir, dass du gar nicht verstanden hast, worum es mir geht!« – »Richtig, Lerr, ich habe nicht verstanden, worum es dir geht – aber weißt du weshalb? Weil ich dort einen Sandsturm sehe in der Ferne und es nicht verstehen will. Ich gebe mir nicht bloß keine Mühe, sondern ich verwende alle Mühe darauf, mir keine Mühe zu geben, verstehst du?« – »Ferrer, du bleibst in alten Mustern verhaftet! Ich bin nicht Gerda, Ferrer, ich bin nicht deine Mutter, ich habe dir niemals Bananen verkauft, Ferrer, und ich habe sie dir auch nicht geschenkt, nicht zum Dreißigsten, nicht zum Vierzigsten. Aber wenn wir diese Wüste überleben, Ferrer, dann werde ich dir Bananen schenken, nämlich zum Fünfzigsten, und zwar, weil das die einzige Sprache ist, die du verstehst. Du hast immer nur die Bananensprache verstanden und du wirst bis in alle Zukunft bloß die Bananensprache verstehen – und ich war ein Idiot, dich seit mehr als zwanzig Jahren eine andere Sprache lehren zu wollen, eine Sprache, die letzlich eine gegen deine Muttersprache gerichtete

Sprache sein musste – denn du warst nie in der Lage, Ferrer, eine Sprache zu verstehen, die nicht deine Muttersprache, also eine Bananensprache war, nie, Ferrer!« – »Oh, Lerr, jetzt musst du aber aufpassen, denn es ist diese in diesen Sekunden von dir vorgelegte Analyse genau auf dich selbst anzuwenden, Lerr. Wer nie in der Lage war, außerhalb der Muttersprache eine Sprache zu verstehen, das warst du, Lerr, und niemand anderer. Ich möchte dich ja gar nicht an all meine Versuche erinnern, dir eine andere Sprache beizubringen. Es waren unzählige nämlich, Lerr, wirklich unzählige. Zum Beispiel damals in Rom, an der Via Maddaloni, erinnerst du dich, wir kommen gemeinsam aus dem Hotel und setzen uns in das kleine Café bei der Kreuzung, unmittelbar neben der Tankstelle, Lerr, und was mache ich, ich versuche dir da eine Sprache beizubringen, die nicht deine Muttersprache ist, und was machst du, Lerr? Nichts! Mehr noch, ich glaube, dass du all meine Versuche nicht einmal erkannt hast, nicht als Versuche erkannt und auch sonst nicht erkannt, du hast dir wohl gedacht, der Ferrer, der macht da irgendwas, und das hat mit mir nichts zu tun, das hast du wohl gedacht, aber ich machte etwas, Lerr, das mit dir zu tun gehabt hat und das wichtig gewesen wäre für dich, Lerr, absolut wichtig, und jetzt ist ja alles vertan, Lerr, und wir sitzen in der Wüste!« – »Ach, Ferrer, du erzählst Dinge, die sich in deinem Kopf abgespielt haben und sonst nirgends, und du wirst jetzt gleich behaupten, dass dies das Einzige sei, was dich interessiere, und genau diese Aussage zeigt mir, dass du alles bloß in deiner Muttersprache formulieren und auch denken kannst – auch deine Ausführungen zuvor, die ich mit großer Geduld entgegengenommen und ausgehalten habe, sind nur in deiner Muttersprache denkbar und es sind also Ausführungen, die als Bananensprachtext zurückbleiben! Du hast ja zeitlebens nichts anderes gemacht, als einen riesigen Bananenspracheppich gewoben, über all die Jahrzehnte, die es dich vielleicht ja schon viel zu lange gibt, hast du an deinem Bananensprachteppich gewoben, um deine Schuld gegenüber deiner Mutter abzutragen. Dein ganzes Schreiben, deine Romane und deine Novellen, Ferrer, deine neuzeitlichen Metaphysiktexte und deine Weltergründungstexte, es sind dies ja alles Bananensprachtexte, in der Hoffnung geschrieben, deine Mutter möge dich begnadigen. Du bist gekommen, um Schuld abzutragen, und du hast diese Schuld ohne Rücksicht abgetragen, gegenüber allen warst du immer der größte Rüpel und der größte Egoist, und gegenüber der Mutter aber warst du immer der größte Sohn und der größte schuldige Sohn. Du willst mit deinem Bananensprachteppich letztlich deiner Mutter nicht bloß jeden Auftritt, sondern auch den letzten Abtritt verzaubern. Du willst sie auf einem Teppich durch den Dreck tragen und dann in den Tod. Es soll deine Mutter den Dreck nicht sehen, der sich unter deinen Füßen gebildet hat, Ferrer, und der sich fortwährend weiterbildet. Denn es ist ein riesiger Dreck, der sich da gebildet hat, ein Dreck, der nicht nur dich, Ferrer, sondern auch alle deine Freunde hinabzieht und vernichtet. In deinem Dreck, den du unter dem Teppich fortwährend produzierst, erstickst ja nicht bloß du, es ersticken zuvor all deine Freunde und demzufolge auch ich, Ferrer, ja, Ferrer, auch ich. Denn deine Teppichproduktion bedingt ein Zehnfaches an Schmutz und Dreck. Auf jeden Quadratmeter Teppich kommen zehn Kubikmeter Dreck darunter, und das ist die Wahrheit und keine andere Wahrheit ist wahrer als diese, Ferrer. Und was ich zu meiner Muttersprache zu sagen habe, Ferrer, ist, dass ich vielleicht nie über meine Muttersprache hinausgekommen bin, Ferrer, ich bin stecken geblieben, Ferrer, jawohl, stecken geblieben in der elenden Muttersprache, die erst noch eine deutsche Muttersprache ist. Aber immerhin, Ferrer, meine Muttersprache ist keine Bananensprache, verstehst du, es ist keine Bananensprache, weil mir meine

Mutter niemals Bananen verkauft hat, Ferrer, niemals.« – »Lerr, weißt du was, deine Muttersprache ist keine Bananensprache, richtig. Und sie ist keine Bananensprache, weil sie nämlich eine Sprache der wollenen Unterhosen ist. Und ich, bei allem Respekt und aller Freundschaft, muss sagen, dass ich eine Bananensprache einer Sprache der wollenen Unterhosen vorziehe, Lerr, denn ich möchte niemals in einer Sprache der wollenen Unterhosen mich äußern und ausbreiten und letztlich auch noch mit einer Sprache der wollenen Unterhosen sterben müssen, so dass am Schluss dies noch das Letzte sein wird, woran man sich im Zusammenhang mit mir erinnert, nämlich eben an die Sprache der wollenen Unterhosen. Ich sehe schon die Trauergäste und die Kondolierenden an deinem Grab vorbeiziehen, Lerr, und ich höre sie leise sagen, wenn sie am Grab vorbeiziehen, *er sprach die Sprache der wollenen Unterhosen*, mehr noch, Lerr, sie werden, am Grab vorbeiziehend, sagen, *er ist nie über die Sprache der wollenen Unterhosen hinausgekommen* – und diese Vorstellung, bezogen auf mich, Lerr, wär mir der größte Graus, den ich mir denken kann.«

Ferrer und Lerr stießen dann weiter gegen Osten vor und wurden an einem warmen Januarabend von einem Halbwüstenvolk in ein Dorf geleitet. Sie traten in einen Innenhof und es war die Dämmerung fortgeschritten, so dass einige Fackeln die verschiedenen Gehöftabteilungen erleuchteten und die umhüllten und mit Glöckchen behangenen Frauen nur in ihrem Umriss preisgaben. Ferrer sagte zu Lerr, er fände diese Glöckchen der Frauen wunderbar, wunderbar, wie es da im Halbdunkel beim Halbwüstenvolk umherklinge. Lerr sagte, die Glöckchen seien da, damit die Frauen nicht abhauen könnten, eine akustische Kontrolle, und er ärgerte sich im Stillen, wie Ferrer überall und immer eine Idylle vorzufinden glaubte. Die Frauen setzten sich nicht zu den Männern. Sie kochten Tee. Im Innenhof thronte Ferrer auf einem

Korksessel. Das Halbwüstenvolk um ihn herum aber zischelte und lachte hoch und spitz. Manchmal glaubte Ferrer, das Halbwüstenvolk mache sich lustig über ihn, und er sagte dann in seinem elsässischen Dialekt zu Lerr: »Du, ich glaube, die machen sich lustig über uns.« Lerr aber im Innenhof winkte ab und sagte: »Die zischeln bloß und lachen spitz.« Es waren nämlich unzählige große Augen, die aus dem Dunkel heraus in die Gesichter der beiden Europäer starrten. Und dass diese beiden Europäer für die Halbwüstler listige Wesen sein mussten, ist wahrlich anzunehmen. Ferrer ließ sich dann auf Englisch vernehmen und sagte: »Elsass speaks German, you know, German in Elsass.« Und Ferrer, wie er merkte, dass man ihn nicht verstand, wurde immer lauter mit diesem Satz, bis ihn Lerr darauf hinwies, dass er die Botschaft schwerlich hinüberbringen könne, denn die Halbwüstler verstünden kein Englisch und hätten einfach den Spass an ihm, Ferrer. In der Mitte der hüttenartigen Gehöfte, die – soweit das in der Dunkelheit zu erkennen war – mit aller Sorgfalt rein gehalten wurden, stand eine Kiste mit einem Loch. Ferrer zeigte auf die Kiste und sagte zu Lerr: »Da scheißen sie.« Später gingen Lerr und Ferrer zu ihrem Bus zurück und Ferrer startete unverzüglich den Computer auf und schrieb, dass er bei den Halbwüstlern gewesen sei und dass sie sich so und so verhalten hätten.

Ferrer war kaum lange irgendwo zu halten. Hatte er bei den Halbwüstlern einen Tee getrunken, zum Beispiel, so rannte er gleich davon, um in die Tasten zu hauen, dass er bei den Halbwüstlern einen Tee getrunken habe. Die Halbwüstler aber belauerten abends den Bus und merkten, dass Ferrer gelogen hatte, als er vom Schlafengehen sprach. Sie klopften und traten mit den Füßen nach dem Bus, bis Ferrer sich genötigt fühlte, das kleine Schiebefenster zu öffnen und zu sagen: »We sleep now, thank you very much, really, it's very nice, but we sleep.« Natürlich merkten die

Halbwüstler, dass Ferrer nicht schlief, sondern hinter dem Schiebefenster seine Halbwüstenreise in die Tasten hieb. Aber Ferrer glaubte allen Ernstes, die Halbwüstler würden nicht merken, was er tat. Und wieder klopften und traten die Halbwüstler gegen den Bus und Ferrer zischte Lerr leise einen Fluch zu, musste aber das Schiebefenster wiederum öffnen und sagte in hohen Tönen: »Thank you very much, we sleep, very much but now thank you.« Am andern Morgen um halb acht tanzten die Halbwüstenkinder um den Bus und äfften in hohen Tönen: »Thank you very much you very much!«

Auf dem Halbwüstenboden saßen die Kinder in fünf Reihen. Jede Klasse eine Reihe, die Mädchen über alle Klassen in einer Reihe vereinigt. Lerr und Ferrer saßen zusammen mit dem Lehrer und zwei Dorfältesten vor den fünf Reihen und schauten zu, wie die Kinder zuerst beteten, dann auf den Staat schworen und dann ein Lied sangen. Lerr und Ferrer waren erstaunt, glaubten an eine Darbietung, bis ihnen klar wurde, dass dies der allmorgendliche Schulbeginn war. Lerr schreckte vor allem auf, als er sah und hörte, wie die Mädchen beim Schwur auf den Staat mitschrien. Ein Knabe stand vorne und schrie vor, die Kinder brüllten ihm nach. Unter den Kleinsten war ein Bub, vielleicht dreijährig, der hatte keine Hose an, bloß ein zerrissenes Hemd. Der Bauch war ebenso nackt wie seine Geschlechtsteile. Während der Lektion konnte er wählen, ob er mit seinem Glied oder mit seinem schätzungsweise zehn Zentimeter weit heraushängenden Bauchnabel spielen wollte. Meistens nahm er den Bauchnabel. Aber er tat dies nicht bewusst, er nahm, was gerade kam. Während des Unterrichts saßen die Kinder mäuschenstill am Boden und der Lehrer kritzelte ein paar Zahlen auf eine knapp einen Quadratmeter große Tafel, die von einem Stuhl gestützt wurde. Der Lehrer sprach unentwegt auf die Kinder ein. Am Schluss mussten Lerr und Ferrer auf einem

Blatt mit ihrer Unterschrift bestätigen, dass sie dem Unterricht beigewohnt hätten und dass sie beeindruckt gewesen seien. Der Lehrer erklärte ihnen, dass er sich von diesem Schreiben eine wesentliche Verbesserung seiner Stellung verspreche. Auf sie, Lerr und Ferrer, habe er gewartet, über dreißig Jahre. Er habe gewusst, dass sie eines Tages kämen und ihm die Bestätigung lieferten, die er brauche für ein Weiterkommen, ein Weiterkommen, das ihn, wenn nicht gleich aus der Halbwüste, so doch zumindest an den Halbwüstenrand führe, von wo ein Absprung dann jederzeit möglich sei. Es sei das der glücklichste Tag seines Lebens, und Lerr und Ferrer standen daneben und es war ihnen peinlich. Beeindruckt waren sie, aber nicht vom Unterricht, sondern von der Tatsache, dass hier in der Halbwüste, nachdem sie vorerst etwas ratlos zusammen mit der Bevölkerung auf dem sandigen Platz herumgestanden hatten und sich je länger, je weniger vorstellen konnten, dass hier überhaupt ein Unterricht stattfände, ja, es war ihnen nicht einmal klar, ob ihr Anliegen, die Schule zu besuchen, verstanden worden war, sprach doch niemand von der Bevölkerung auch nur ein Wort Englisch, beeindruckt waren sie also von der Tatsache, dass überhaupt ein Unterricht hier stattfand. Lerr und Ferrer unterschrieben das Blatt (wer in Lerrs Heimat hätte sich eine Unterschrift von Lerr gewünscht?) und fuhren wieder weg. Schon wollte Ferrer vom Computereintrag sprechen, den er zu tätigen gedenke, über das Dorf, die Kinder, den Lehrer, da trafen die beiden auf einen Ramaumzug. Auf hölzernen Wagen tanzten Kinder in prachtvollen Kleidern, junge, stark geschminkte Mädchen, verkleidet als Ramas Geliebte, winkten Lerr und Ferrer zu den Wagen heran. Lerr und Ferrer ließen das Auto stehen und gerieten sogleich in den Bann der zauberhaften Wesen. Sie liefen den leuchtenden Augen nach, sie riefen, griffen nach den Fotoapparaten und sie badeten im Lachen der schönen Kinder. Und als

Lerr Ferrer schon längst aus den Augen verloren hatte, da stand er unversehens vor einem Wagen, einem besonderen. Ein junges Mädchen, es mochte zehn sein, strahlte ihn an, und eine kleine Armbewegung ließ das um einige Nummern zu große Kleid über den Schultern wegrutschen und Lerr starrte auf die kleine Brust des Mädchens und alles wurde augenblicklich still und vor lauter Dankbarkeit wollte Lerr niedersinken, da packten ihn Männerarme, er wurde weggerissen, hin zu einer tanzenden Horde, und da musste er nun mittanzen. Er wurde gezerrt und gestoßen und die Männer lachten mit ihren kaputten Zähnen und dann entschied sich Lerr anders. Er begann zu tanzen. In seinem Stil zu tanzen. So, wie er sich durch unzählige Nächte getanzt hatte. Die Männer, erstaunt nun, gaben den Kreis frei und Lerr zeigte, was er im Straßburger Untergrund gelernt hatte: wilde Bewegungen, expressive Finger, starrer Blick. Und durch die Menge hindurch, kaum zehn Meter entfernt, sah er nun, dass es einen zweiten Kreis gab, eine zweite Leerstelle sozusagen, und darin befand sich Ferrer und also musste Ferrer etwa dasselbe widerfahren sein wie ihm, Lerr, und Ferrer tanzte nun den Halbwüstlern seinerseits seinen Tanz vor, und Lerr konnte Ferrer nur für Bruchteile einer Sekunde wahrnehmen, aber schon musste er durch das ganze Gedränge der Halbwüstler hindurch erkennen, dass auf Ferrers Stirn nur ein Gedanke geschrieben stand: *Das hau ich in die Tasten,* diesen Gedanken erkannte Lerr durch die unzähligen Halbwüstler hindurch augenblicklich und in Bruchteilen einer Sekunde. Und nicht nur den Gedanken selbst erkannte er, er sah darüber hinaus die Unerbittlichkeit, mit der Ferrer diesen Tanz, den er soeben tanzte, in die Tasten hauen würde. Zwei Stunden später saßen Ferrer und Lerr wieder im Auto und das Erste, was Ferrer sagte, war: »Heute gibt es einen großen Eintrag.« Das war das Allererste, was Ferrer sagte. Lerr hatte gewusst, dass Ferrer seit Stunden schon an diesen Eintrag dachte und auch, dass er seit Stunden und in stetig steigendem Ausmaß an die Größe dieses Eintrags dachte, Lerr hätte aber nicht gedacht, dass es das Erste sein würde, was Ferrer, nun wieder im Bus, sagen würde, dass er also sagen würde: »Heute gibt es einen großen Eintrag«, das hätte Lerr nicht gedacht. Ferrers Mutterflucht war zu einer Eintragsreise geworden. Er rechtfertigte sich damit, dass er diese Einträge, die Lerr übrigens nie zu Gesicht bekommen hatte, ja gar nicht zu Gesicht bekommen wollte, er rechtfertigte sich damit, dass er diese Einträge der Bandler schicken werde. Das war natürlich eine schwache Rechtfertigung und Ferrer selbst wusste um die Lächerlichkeit dieser Eintragsbegründung. Den wahren Grund allerdings konnte Lerr nur vermuten, denn er sah nicht in die hintersten Windungen des Ferrerhirns hinein und konnte deshalb nicht sagen, weshalb Ferrer mit dieser Unerbittlichkeit, die zeitweise in die Nähe des Ingrimms rückte, weshalb er mit dieser zeitweise in die Nähe des Ingrimms rückenden Unerbittlichkeit die Halbwüstenreise und mit ihr die Halbwüste selbst zerhackte. Lerr, der ja bitter einsehen musste, wie sinnlos jeder Versuch war, sich als Autor einer Lebensgeschichte einzurichten, Lerr muteten Ferrers unerbittliche Versuche geradezu krankhaft an, und natürlich, es war Lerr nicht anders möglich, als diesen Schluss zu ziehen, natürlich sah er Ferrer letzten Endes allabendlich diese Einträge in die Tasten hauen und er musste an Ferrers Mutter denken und an die Bananensprache. Lerr wusste, dass Ferrer seiner Mutter auch in der Halbwüste den Bananendank abstatten, ja, mehr noch, dass er in der Halbwüste seine Mutter gar ein letztes Mal befriedigen und mit dieser letzten Befriedigung auch zum Ende bringen wollte. Er möchte sich, so dachte Lerr, mit diesen Einträgen, die gemäß Ferrers eigenen Angaben ja große Einträge sein sollten, er möchte sich mit diesen großen Einträgen aus Mutters Armen hinausschreiben, er möchte mit diesen Einträgen, die Ferrer ja selbst als große Einträge nun bereits im Verlaufe des frühen Nachmittags ankündigte, er möchte seine Mutter in den Boden schreiben, und er wird sich, so dachte Lerr, mit diesen Einträgen gerade nicht befreien, er wird vielmehr den Bananensprachteppich vergrößern mit diesen großen Einträgen, er wird nicht über den Bananendank hinauskommen, und man wird ihn, Ferrer, am Schluss dann in den von ihm selbst gewobenen Bananensprachteppich einlegen und in ein Grab werfen, und dies, wo Ferrer selbst ja geglaubt hatte, diese Bananensprache mit seinen so genannten großen Einträgen zu überschreiben.

Lerr fand es von allem Anfang an einen sehr unglücklichen Entscheid Ferrers, hier in der Halbwüste mit einem neuen Roman beginnen zu wollen. Wie er sah, dass Ferrer die so genannt großen Einträge zu einem Roman auszuweiten sich anschickte, schreckte er innerlich auf. Ihm war längst klar geworden, dass Ferrer mit seiner Schreiberei nicht nur niemals an ein Ziel gelangen würde, nein, mehr noch, dass er letzte Bestandteile zerhackte, die ihnen beiden geblieben waren. Lerr dachte, dass nun eben im mittleren Alter Ferrers Erbe über ihn, Ferrer, hereingebrochen sei, dass ihn, Ferrer, nun in der Halbwüste der väterliche Schlachthof, aus dem er nach dem Selbstmord seiner Halbschwester einst geflüchtet war, eingeholt habe und dass er, Ferrer, nun mit einer Unerbittlichkeit Geschehen zerhackte, wie der Vater einst das Rind zerhackte im Schlachthof und dies erst noch mit einer in die Nähe des Ingrimms rückenden Unerbittlichkeit und in einem Ausmaß, wie es Lerr zu Beginn nicht für möglich gehalten hätte, dass Ferrer hacken könne. Schon bereute Lerr aufs Bitterste, dass er damals in Kalabrien, in jener wirklich großen Verzweiflung, nach Ferrer gerufen hatte, wo ja dieser doch schon beinahe mit der Bandler aus seinem, Lerrs, Leben verschwunden war. Nun aber sah er Ferrer wieder von nahem, wie er das Leben schändete, wie er, Lerr, es einst selbst geschändet hatte, und er sah gewissermaßen sich selbst in Ferrer, seine kurze Schreibphase sah er in Ferrer heraufdämmern, seine Unerbittlichkeit und vor allem sein versteiftes Kinn. Denn es war ja nicht nur der Lärm, der Lerr belästigte, wenn Ferrer Geschehen zerhackte, es war nicht nur die seelische Unruhe, in welche Lerr durch Ferrers Hackerei getrieben wurde, es kam sozusagen als Krönung Ferrers verbissene, leicht von unten nach oben hinaufschnappende Kieferhaltung dazu, die er während den großen Einträgen und während dem Ausbau dieser großen Einträge zu einem Roman vor sich hertrug oder besser: aus sich herausstieß. Lerr hatte es einmal gewagt zu fragen: »Ferrer, was ist mit deiner Kieferhaltung, es ist, als würdest du dich da in etwas verbeißen wollen!« Ferrer aber war darauf nicht gut zu sprechen und sagte: »Ich verbeiße mich nicht«, und während er dies sagte, verbiss er sich wieder. Lerr aber wurde still, denn er wusste, dass es nur mit verbissener Kieferhaltung möglich wäre, einen Roman zu schreiben, dass aber jeder verbissene Roman letztlich ein Roman wäre, der gegen ihn, Lerr, gerichtet wäre, und also musste er, Lerr, nun darüber nachsinnen, wie er Ferrers Schreiben, gewissermaßen also Ferrers Bisse beseitigen könnte. Er wusste, Ferrer litt unter dem Gefühl, zu kurz gekommen zu sein und weiterhin zu kurz zu kommen, und sodann müsste er also Ferrer jede Nahrung nehmen, er müsste alles von Ferrer fernhalten, das diesen im Gefühl, zu kurz gekommen zu sein und weiterhin zu kurz zu kommen, bestätigte, und er müsste durch dieses Fernhalten nach und nach Ferrers Gefühl und damit Ferrers Identität auflösen.

Einmal, sie waren da schon mehrere Tage in der Halbwüste, einmal sagte Lerr zu Ferrer: »Du wirst diesen Roman, Ferrer, nicht überleben, ganz bestimmt nicht. Schon allein der Versuch, ihn zu schreiben, wird dich zu Grunde richten, Ferrer.« Ferrer ließ sich durch diese Aussage Lerrs in seinem Treiben nicht aufhalten.

Gleichentags hieb er einen seiner bis anhin größten Einträge in den Computer und setzte Lerrs leichtsinnig ausgesprochenen Gedanken, ihn, Lerr, als Dolocani in seinem Roman auftreten zu lassen, in die Tat um. Durch dieses Einweben Lerrs als Dolocani in Ferrers von Lerr letztlich als Bananentext bezeichnetes Schreiben fiel die letzte Schranke, die Schlimmes noch hätte verhindern können. Nachts aber schreckte Lerr nun mehrmals auf und sah und hörte neben sich Ferrer, wie er hastig und als hätte er das Gefühl, es wollte ihm bald schon jemand zu Leibe rücken, Notizen auf Zettel kritzelte. Lerr wusste augenblicklich, dass es Notizen zu seinem Roman waren, die Ferrer da nachts in aller Gier zu Papier brachte, und erstmals konnte Lerr direkt aus dem Kritzeln heraushören, dass das, was Ferrer da in aller Betriebsamkeit niederschrieb, gegen ihn, Lerr, gerichtet war. Zum ersten Mal sprach er innerlich den Gedanken aus, den er schon Tage und Wochen, spätestens aber nach dem Eintreffen in der Halbwüste in sich trug, nämlich, dass Ferrers ganzes Schreiben und insbesondere nun dieser Roman gegen ihn gerichtet war. Anderntags sagte Lerr zu Ferrer: »Du schreibst nun auch schon heimlich in der Nacht, Ferrer. Ich sage dir, du wirst das nicht überleben, Ferrer, wahrlich nicht!« Ferrer darauf zu Lerr: »Lerr, soll das eine Drohung sein?« Lerr war überrascht, denn mehr noch als Ferrer hörte er sich selbst diesen Ausspruch tun. »Soll das eine Drohung sein?« – es war, als setzte sich ein Dialog in ihm selbst, Lerr, in Bewegung. Und als er überrascht antwortete: »Ich weiß nicht«, so war es, als antwortete er sich selber und als würde er sich selbst eingestehen, dass er nicht mehr genau wusste, worauf sein Wollen und Treiben angelegt sei.

Ein letztes Gespräch. Sie saßen beide im Bus, abends. Irgendwo in der Halbwüste Rajasthans. Ferrer sagte: »Weißt du, in letzter Zeit denke ich oft an Helga, an Florini, an die gescheiterten Existenzen, Lerr. Und weißt du was? Ich bekomme dann plötzlich

Angst, ich würde selbst in der Verelendung enden, Lerr.« – »Aber Ferrer, ich denke an MARSCH, an Seudat auch – da besteht doch ein Unterschied! Du hast Erfolg, du hast es geschafft, Ferrer, MARSCH nicht, Seudat nicht, Florini nicht, Helga nicht. Das ist der Unterschied. Ein vorzeitiger Tod, Ferrer, vielleicht, aber nicht die Verelendung.« – »Ich verrate dir nun ein Geheimnis, Lerr. Den elsässischen Literaturpreis, weißt du, wer ihn gestiftet hat, anonym, unter falschem Namen? Und weißt du, wer in regelmäßigen Abständen ganze Pakete mit jeweils fünfhundert Exemplaren meiner Bücher bestellt, direkt beim Verlag? Es ist meine Mutter, Lerr, meine Mutter höchstpersönlich.« Lange Pause. Dann Lerr: »Ferrer, das glaub ich dir nicht. Wäre das so, ich könnte mir den Ingrimm nicht erklären, die Verbissenheit. Du könntest gar nicht schreiben, Ferrer, mit Sicherheit nicht. Und wäre es so, Ferrer, du würdest für niemanden eine Gefahr darstellen, für niemanden. Aber du stellst eine Gefahr dar, Ferrer, du tust es. Allein deshalb kann deine Behauptung nicht stimmen, für mich nicht.« Lange Pause. Dann Ferrer: »Wir sprechen von unseren Müttern, Lerr, aber das Problem sind nicht unsere Mütter, Lerr, das Problem sind wir selbst. Das Problem liegt in unserem Kopf, Lerr. Du sagst Ingrimm, Lerr, Ingrimm willst du gesehen haben in meinem Gesicht, ich aber sag, was du wirklich siehst, Lerr, du siehst deine eigene Produktionslosigkeit, denn es ist dies das Einzige, was es zu sehen gibt. Selbst wenn mir Ingrimm ins Gesicht geschrieben stünde, Lerr, selbst dann würde er angesichts deiner Produktionslosigkeit zur Bedeutungslosigkeit absacken, zur vollständigen Bedeutungslosigkeit. Der Ingrimm, Lerr, den du bei anderen zu erkennen vorgibst, soll ja bloß deine eigene Produktionslosigkeit überdecken, soll dich von deiner eigenen Produktionslosigkeit fernhalten. Seit ich dich kenne, Lerr, produzierst du nichts, nichts Eigentliches, verstehst du, für mich, ich sag es offen heraus, für mich bist du in der Zeit, seit wir uns kennen, zum Inbegriff der Produktionslosigkeit geworden, Lerr, für mich bist du das geworden, Lerr, und nichts anderes. Und weil du deiner eigenen Produktionslosigkeit nicht in die Augen sehen kannst, weil du deine eigene Kümmerlichkeit und dein eigenes Elend nicht wahrhaben willst, sprichst du vom Ingrimm, den du bei den anderen gesehen haben willst. Aber nein, Lerr, dies ist ja noch gar nicht die ganze Wahrheit. Die ganze Wahrheit liegt noch eine Stufe höher und sagt, dass der Ingrimm nirgendwo ist, nirgendwo in der Welt außer in deinem Kopf. Wenn du in anderen Gesichtern einen Ingrimm gesehen haben willst, so gibt es einen Ingrimm in der Tat nur an einem einzigen Ort zu sehen und dieser Ort ist dein Kopf, Lerr. Es ist der in dir ob deiner eigenen Produktionslosigkeit entstandene Ingrimm, den du aus einer grenzenlosen Kümmerlichkeit heraus in die Gesichter deiner Freunde zu verlegen suchst, Lerr. Und ich sag dir, Lerr, dir geht es schlechter als einem Florini. Der greift immerhin zur Flasche, Lerr, der tut immerhin etwas, für einen einzigen Griff zumindest, den Griff zur Flasche eben, kann er sich als Künstler einrichten. Du aber, Lerr, schaffst auch das nicht. Es geht von dir kein Griff aus, keine Bewegung, die irgendetwas ändern würde in dieser Welt, gar nichts. Du bist einzig und allein Autor eines Geschwürs, Lerr, nämlich deines Ingrimms, Lerr, ein Ingrimmsautor bist du, und das willst du ja nicht einmal erkennen. Vielmehr willst du bei allen anderen Ingrimm erkennen, Bosheiten, gegen dich gerichtete Vernichtungsschläge, Lerr, wo der Ingrimm auf dieser Welt in der Tat letztlich nur einen Ort hat, nur einen einzigen. Ich sag dir, es ist lächerlich.« So endete das letzte Gespräch der beiden, und was folgte, muss von diesem Gespräch getrennt werden, zumindest im Nachhinein spricht alles für eine Trennung.

Der Mond stand senkrecht über der Tränke. Der Nachthimmel war mehr weiß denn schwarz, denn es hingen, vom Mond in helles Licht getaucht, kleine Wolken über der Tränke. Die drei Bäume am östlichen Ufer des kleinen Sees waren drei schwarze Untiere, die einander, je nach Vorstellung, vor dem weißen Nachthimmel anfauchten oder aber einander lieb zusangen. Auf einem der drei Bäume, dem mittleren, saßen wohl gegen tausend Vögel im Schlaf, und hin und wieder kam es zu kleinen Aufregungen und es knisterte und kreischte an einzelnen Stellen der flach geformten und weit nach außen fallenden Baumkrone für Sekunden auf. Um die Bäume herum aber war alles starr. Die breite Treppe, deren Stufen im Wasser verschwanden und auf der tagsüber in langen leuchtenden Gewändern Frauen und Mädchen mit Wassergefässen hinab- und wieder hinaufstiegen, und die rötliche, das Gelände umrandende Mauer erschienen im weißen Mondlicht als hyperrealistische Gebilde mit Adern- und Venenstrukturen. Die kleinen Kotkegel, zurückgelassen in erstaunlich übersichtlicher Manier von den Schaf- und Ziegenherden, die des Mittags die Ufer des kleinen Sees säumten, hoben sich gestochen scharf von der kahlen, tagsüber von hellrötlichem Ocker geprägten, nun aber durch das Mondlicht in eine braunsilberne Unfarbe gesetzten Erde ab und boten sich als Zeichen einer unverständlichen, über das ganze Gelände hin verstreuten Schrift an, die mit Sorgfalt so gelegt schien, dass sie durch die Zeiten hindurch bloß als Zufall gelesen werden konnte. Ferrer wusste nicht, wo er mit der Lektüre beginnen sollte, wusste nicht, ob er von links nach rechts, von rechts nach links oder gar von unten nach oben lesen sollte. Er verharrte und es hoben sich die Kategorien auf. Er stand am Ufer und der Mond war nun ganz unten im Wasser und die Untiere lagen auf dem Rücken und streckten die Beine hilflos gegen den Himmel. Die Pfauen hatten sich längst an ihre Schlafstellen im Fels verzogen, der die Tränke südlich rahmte. Und da abgesehen von den kleinen Scharmützeln der Vögel im mittleren Baum von Tieren keinerlei Bewegung ausging, war der Mond, der sich durch die licht formierten Wolken schob, das Einzige, das nicht verharrte. Allerdings fiel Ferrer, nachdem er vergeblich versucht hatte, sich in sein Inneres zu versenken, das Zirpen der Grillen auf, ein Zirpen, das letzten Endes den Eindruck des Stillstands und der Ewigkeit noch hervorhob, als dass es etwa eine Struktur erzeugt und damit den Eindruck eines Geschehens hervorgerufen hätte. Wäre das der Ort für einen Mord, dachte Ferrer? Kann aus einem Bild des Stillstands ein Mord erwachsen? Und wie müsste ein Mord sich aus dem Bild lösen? Könnte die Aufregung der Vögel die Bewegung sein, woraus er hervorginge? Oder der Mond, wie er sich durch die Wolken schiebt? Kann der Mond, wenn ihm die Zeit gegeben wird, zum Mörder werden? Als Ferrer den Bus verlassen hatte, da hatte er für Augenblicke die Ahnung, er würde niemals mehr in diesen Bus zurückkehren. Aber er sah seinen Freund im weißen Mondlicht schlafen, zögerte für Bruchteile einer Sekunde und trat dann doch ins Freie – es war ihm, als könnte es ihm gelingen, Autor seiner eigenen Ermordung zu werden. Er hatte ein süßes Gefühl in den Hoden, als er sehr langsam sich vom Bus entfernte. Es blähte sich etwas auf zwischen den Beinen und trieb ihm Tränen in die Augen. Gleichzeitig verspürte er einen höchsten Genuss. Er sah zum Mond und dann zu den Bäumen und dann ins Wasser. Er wusste plötzlich, dass er da war, da, an dieser Stelle. Erstmals war er in der Halbwüste angekommen, erstmals verspürte er keinen Drang zu schreiben, erstmals konnte etwas geschehen, das der Erwähnung wirklich wert wäre. Und deshalb, Ferrer wusste das, sollte es nicht erwähnt werden. Ferrer wusste, als er am Ufer stand und den Mond im Wasser sah, dass er die Tür des Busses hören würde, wie sie geöffnet würde, ein leises Klicken würde er hören und es würde ihn nicht überraschen. Er schaute wieder hinüber zu den Bäumen und begann dann leise zu sprechen mit den Untieren und sie klagten ihm. Sie klagten ihm lautlos von den Verbrechen, die sich hier an der Tränke abspielten, über die Jahre verteilt, und immer in den Nächten der Verbrechen sei der Mond ganz weiß. Sie klagten von den Zeichen, die niemand zu deuten verstünde, und von der Unmöglichkeit, die Verbrechen zu verhindern. Sie erzählten vom Mädchen, das tagsüber zur Tränke gekommen und dann eines Nachts als Leiche hier im Wasser verschwunden sei. Und als sie dies erzählt hatten, wusste Ferrer, dass Lerr nun nicht mehr schlief. Eine Bewegung hatte begonnen, in Ferrer hatte sie begonnen, und diese Bewegung kam nun langsam ins Bild. Der Mond stand über der Tränke und die Wolken glitten über Ferrer hinweg, oder aber der Mond glitt durch die Wolken hindurch und verlor doch niemals den Standort, den er senkrecht über der Tränke und damit über Ferrer innehatte. Ferrer spürte, dass ein schwacher Wind wehte. Er hörte, wie sich einzelne Äste berührten. Ferrer war hell geworden. Er hörte, was er gewusst hatte, dass es kommen müsste, er hörte das Klicken einer Türe, und weil alles so war, wie er es sich gedacht hatte, konnte er nicht ausweichen. Die Bewegung war ins Bild gekommen und er konnte keine Gegenbewegung einleiten, denn er war erregt, erregt, weil alles nun so kommen würde, wie er es sich gedacht hatte, und er wollte diese Erregung behalten. Er wusste, dass Lerr nun die Hintertür des Busses öffnen und seine rechte Hand dort aus der Werkzeugkiste nach dem Instrument greifen würde, das er für geeignet hielt. Er sah für Augenblicke Lerrs Gesicht im weißen Licht des Mondes. Es war ein Gesicht ohne Mund und mit weißen Augen, als wären die Hornhäute gerissen und als wären die Pupillen aufgequollen. Es war dies ein Bild in Ferrers Kopf, aber Ferrer wusste, dass es so war und dass Lerr ein Monster war. Ferrer stand zwanzig Meter entfernt vom Bus, den Blick auf die Wasseroberfläche gerichtet, und er horchte. Er war nun in einem Film und das

Zirpen der Grillen war die Filmmusik. In einem schlechten Film wäre die Musik nun immer lauter geworden bis zum Schlag. Aber Ferrer war in einem guten Film und die Musik hatte keine Bewegung und fiel aus der Zeit. Nichts hatte eine Bewegung, nichts außer Lerr, der sich in Ferrers Rücken langsam auf die Tränke zubewegte. Ob Lerr wusste, dass Ferrer längst gelähmt war? Gelähmt durch die Erregung und durch den Gedanken, der ihm diese Erregung verschuf? Der Mond stand senkrecht über der Tränke. Der Nachthimmel war weiß und drei Bäume säumten das Ufer und waren starr. Die Zeit hatte aufgehört. Ferrer stand am Rande des Wassers und wusste, dass sich ein Monster auf ihn zubewegte. Bloß eines wusste er nicht: In welchem Augenblick würde die Zeit zurückkommen und mit ihr der Schrecken? Würde Lerr sein Gesicht zeigen, bevor er zuschlüge? Könnte er für Augenblicke Lerrs mundloses Gesicht sehen und seine weißlichen Augen? Und wenn er sich jetzt umwandte: Würde er tatsächlich Lerr sehen oder ein Monster bloß? Die letzten Schritte, die den mundlosen Lerr mit weißen Augen zur Tränke hin führten, waren Schritte, die keiner für sich beanspruchen konnte – niemals, das ging Ferrer plötzlich auf, und da war es zu spät.

Alles war still jetzt. Auch der Mond und die Grillen. Und mit der Sprache, die Ferrer nun anhob, schnitt er das Bild von der Welt ab und verhinderte so jedes Zeugnis des Mordes, der in Kürze an ihm verübt werden sollte.

»Bist du es, Lerr?«

Ferrer war erstaunt, als er sich hörte. Und er hörte sich, als spräche er in einem vollkommen isolierten Raum.

»Wenn nein, muss ich annehmen, dass du der Knabenmörder bist?«

Ein Selbstgespräch. Ferrer war vielleicht gar mehr als erstaunt. Er hätte sich das nicht zugetraut, diese Spannung.

»Oder muss ich sagen: dass du *also doch* der Knabenmörder bist? Also doch, Lerr?«

Der nahe Tod und die Möglichkeit, ihn zu schreiben, machten Ferrer trunken und irrsinnig. Er glühte auf und das Glück in ihm verhinderte jeden Fluchtversuch.

»Wie viele Menschen hast du schon getötet, Lerr?«

Und vielleicht war es diese Frage, die die Isolation aufhob und das Ende des Spiels einleitete. Vielleicht war es diese Frage, die das Geschehen zum Kippen brachte. Vielleicht kam das Ende bereits mit der ersten Frage, mit dem Fragen überhaupt, wie auch immer: Ferrer merkte, dass die Autorenschaft ihm entzogen wurde, er fühlte, wie der Schrecken ihn erfasste, und es war nicht er, der die letzte Frage formulierte und ihn dem Monster auslieferte, das sich hinter ihm – schon immer hinter ihm – aufgebaut hatte, es war nicht er, es war die lichterlohe Angst, die zur letzten Frage ansetzte und die Stimme erwürgte:

»Lerr, wie tötest du?«

(Wir sind kleine Kinder, Lerr, wir sind Buben, Lerr, wir spielen im Sandkasten, nicht wahr? Mach keinen Blödsinn, Lerr, wir müssen die Mütter holen, Lerr, deine Mutter und meine Mutter, die werden die Angelegenheit regeln, für uns regeln – das hätte Ferrer noch sagen wollen.)

Lerr sprach ohne Mund, Lerrs Sprechen hallte von der Felswand wider, die die Tränke südlich rahmte. Lerrs Sprache war hohler Klang und unfassbar leer. Lerrs Sprache war der Tod. Aber wie spricht der Tod? Wie hoch ist seine Stimme? Das Tempo? Die Intonation? Es war eben doch Lerrs Stimme, es war eben doch Lerr, der sprach und der so sprach, als würde er sagen: »Das Ziel jedes Romans, Ferrer«, oder: »Bis Osian sind es noch 68 Kilometer«, oder: »Hast du was von Bandler gehört«. Aber alles dies sprach er nicht, er sprach: »Ferrer, ich bin nicht aus dem Land, aus welchem du mich kommen sahst. Ich bin nicht aus der Familie, in die du mich hineinversetztest. Ich bin nicht aus der Zeit, in der du mich getroffen hast. Und schließlich, Ferrer, ich bin nicht aus deinem Geschlecht, Ferrer. Ich bin aus dem anderen Geschlecht und ich muss töten, bis ich das alles begreife. Ich muss begreifen, Ferrer, weshalb es nie eine Kindheit als Mädchen gab, und indem ich töte, begreife ich. Denn ich töte nicht den Menschen, Ferrer, ich töte mich, der sich außerhalb einer Mädchenkindheit vorfindet. Dieses Ich, Ferrer, töte ich.«

Am 30. Januar 1998 meldete sich ein gewisser Lerr im indischen Städtchen Osian auf der Polizei. Er habe seinen Freund knappe siebzig Kilometer südlich des Städtchens bei einer Wassertränke erschlagen. Die Leiche, die man dann tatsächlich an dieser besagten Wassertränke vorfand, hatte jedoch nichts mit Ferrer oder einem vermeintlichen Ferrer zu tun. Es handelte sich um einen Mann aus der nahen Umgebung, der mit seinem Kamel zur Tränke gekommen war, um Wasser aus dem kleinen See und hinein in einen großen Blechbehälter zu schöpfen. Spätere Ermittlungen ergaben, dass Lerr offenbar bereits seit Monaten geisteskrank und verwirrt umhergereist sein musste und dass er sich die Figur Ferrer in seinem kranken Geist erschaffen hatte. Lerr, schon bald ins Elsass zurückgebracht und dann in die geschlossene Abteilung in Mellenborn eingewiesen (Bandler übrigens arbeitete nicht mehr dort, sie hatte inzwischen einen so genannten Berger geheiratet), Lerr also bestand in allen nun folgenden therapeutischen Gesprächen darauf, dass Ferrer (welcher Ferrer?) ihn unter dem absolut prätentiösen Namen *Dolocani* in einen Halbwüstenroman habe hineinpressen wollen und dass er, Ferrer, ihm, Lerr, auch die übrigen Namen gestohlen habe, Berger und Weinmann und weiß Gott wie sie alle hätten heißen sollen in Ferrers Halbwüstenroman. Er, Lerr, habe beim Halbwüstenvolk im Innenhof des Gehöfts und bei fortgeschrittener Dämmerung »Hare Krishna« gesungen, um eine Vertrautheit herzustellen, sei aber mit diesem »Hare Krishna« in die Leere gestoßen und sofort sei Ferrer in den Bus zurückgerannt und habe in die Tasten gehauen, dass Dolocani bei den Halbwüstlern »Hare Krishna« gesungen habe mit dem Ziel, eine Vertrautheit herzustellen, dass Dolocani aber mit diesem Hare-Krishna-Gesang ins Leere gestoßen sei. In Pushkar sei er, Lerr, am Heiligen See zuerst gesegnet, sodann wieder entsegnet worden, weil er keine fünfzig Dollar für die Segnung habe bezahlen wollen. Und er habe das, blöd genug, Ferrer erzählt und sofort habe Ferrer in die Tasten gehauen, dass Dolocani zunächst gesegnet, dann entsegnet worden sei. Er habe deshalb Ferrer umbringen müssen, bevor er dessen Identität habe auflösen können – das sei nämlich sein Ziel gewesen. Er, Lerr, habe Ferrers Identität auflösen und somit Ferrer befreien wollen, indem er ihm jeden Grund für das Gefühl, zu kurz gekommen zu sein und weiterhin zu kurz zu kommen, genommen hätte. Aber Ferrer habe zu schnell gearbeitet, er habe ihn, Lerr, bereits halbwegs in Dolocani aufgelöst und er, Lerr, habe sodann nicht länger zuwarten können. Es sei dieser Mord, den Lerr nach wie vor an Ferrer vollzogen haben wollte, im wörtlichen Sinne beinahe auch eine Befreiung Ferrers zu nennen.

Verschwunden bis auf den heutigen Tag blieb ein gewisser Jean-Jacques Ferrer, der aufgrund weitreichender Recherchen der französischen Polizei tatsächlich existiert hatte und der zusammen mit einem Freund Namens Lehr in den Osten aufgebrochen, in Pakistan oder Indien zusammen mit diesem Freund aber verschollen sein musste. Die Nähe der Namen Lerr und Lehr mag signifikant erscheinen, mit ganzem Namen aber hieß der eine Claude-Roger Lerr, der andere hingegen Fausto Lehr.

VII. Les Bois

Die erste Knabenleiche wurde an einem Sonntag gefunden, die zweite an einem Donnerstag. In der folgenden Woche wurde die Lehrerin vom Schuldienst beurlaubt. Untersuchungen wurden in Gang gesetzt. Die Kinder der Klasse wurden vernommen. Einzeln, in Gruppen und wieder einzeln. Nach dem Widerspruch wurde gesucht, nach der Schwachstelle. Die Lehrerin wusste nicht, was ihr vorgeworfen wurde. Sie saß zwei Tage in Untersuchungshaft und fragte sich, ob die Kinder noch an den Gott dachten, vor dem sie geschworen hatten. Nach zwei Tagen musste ihre Zelle geöffnet werden. In der Wohnung der Lehrerin war nichts gefunden worden, das sie ernsthaft belastet hätte. Der Beamte, der die Zelle öffnete, sagte: »Kommen Sie, es war nichts.« Natürlich war sehr vieles, aber das genügte nicht für ein Strafverfahren. Vielleicht aber hätte es auch gereicht – es seien Fotos gefunden worden, hörte die Lehrerin – und sie hatte einfach Glück gehabt. Andererseits kam es ihr reichlich seltsam vor, an ein Glück zu denken, wo doch die Behörden eingeschaltet waren, sie in Untersuchungshaft gesessen hatte und ihre Wohnung durchsucht worden war. Zudem hatte sie ihre Schüler verloren, die Mädchen vor allem. An die Leichen dachte niemand mehr – es waren ja schon Tage vergangen, seltsame Tage, Tage ohne wirkliche Abläufe, ohne Morgen und Abend.

Das Duschen der Kinder hatte sich in den Köpfen der Untersuchenden und der Behörden und in den Köpfen des ganzen Dorfes festgesetzt. In unzähligen Hirnwindungen duschten die nackten Kinder weiter und alles bekam ein Ausmaß und eine Bedeutung. Hätten die Kinder nicht geduscht, die Leichen wären zu ihrem Recht gekommen. So aber gingen sie vergessen. (Nicht ganz, in Straßburg und in Metz, so vernahm die Lehrerin Jahre später in Asien, sei das Interesse für die Leichen vorhanden gewesen.) Zum Duschen waren die Kinder am ausführlichsten und hartnäckigsten befragt worden. Und schließlich mussten es die Knaben gewesen sein (oder ein Teil der Knaben), die eine Geschichte erzählten, welche zur gültigen Duschgeschichte erhoben wurde. Die Mädchen, und das wurde von den Untersuchungsorganen nach allen Seiten hin mit Missfallen betont, die Mädchen hatten auf fast sämtliche Fragen geschlossen die Antwort verweigert. Als die Lehrerin von dieser Weigerung erfahren hatte (sie saß da gerade in Untersuchungshaft), von der Weigerung ihrer Schülerinnen, das Geheimnis zu verraten, da hatte sie weinen müssen, im Stillen, und ein großes Glück wurde greifbar. Was besagte die Duschgeschichte? Sie besagte, dass die Knaben die Mädchendusche aufgesucht hatten. Sie seien jedoch sogleich wieder in die Männerdusche zurückgekehrt, als sie gesehen hätten, was die Mädchen miteinander und *aneinander* getan hätten. Nach der eingehenden Befragung der Kinder sei man aber vom anfänglichen Verdacht, die Lehrerin hätte sich persönlich an den Kindern Lust verschafft oder sich sonst in irgendeiner Form am Duschvorgang beteiligt – und zu diesem Punkt hätten auch die Mädchen ausgesagt –, abgekommen. Diese anfängliche Vermutung sei auch der Grund für die kurze Untersuchungshaft gewesen.

Was blieb, nachdem die gegen die Lehrerin in Gang gesetzte Untersuchung außer ein paar Fotografien nichts zu Tage gefördert hatte? Es blieben die Vorwürfe, die zu einem Amtsenthebungsverfahren führten. Im Wesentlichen waren es vier Anklagepunkte:

Hintergehung der Behörde beim Entscheid zur Durchführung der Expedition, fahrlässige Gefährdung der Kinder, widerrechtliche Benutzung der Zivilschutzanlage, gravierende Fehler bei der Organisation des Duschvorgangs. Und hinter diesen Klagen und Anschuldigungen lauerten Anfeindungen und Unterstellungen, die in ihrem Ausmaß weit über das Offizielle hinausgingen. Vielleicht war es reiner Zufall, dass die Lehrerin die Geschichte nicht mit ihrem Leben hatte bezahlen müssen.

Am 15. Dezember des Jahres, zwei Tage vor ihrem 27. Geburtstag, wurde die Lehrerin ins Gemeindehaus von Les Bois vorgeladen. Sie fand den Parkplatz neben dem Gemeindehaus mit Autos überfüllt und musste hinunter zur Hauptstraße fahren und das Auto auf den Parkplatz neben der Metzgerei stellen. Sie stieg aus und las auf einem Schild, das an der Seitenmauer der Metzgerei angebracht war: *Parkplatz nur für Kunden der Metzgerei F. Ferrer.* Sie ging durch das Dorf. Niemand war auf der Straße. Tot war der Ort. Aber oben in einem Halbkreis rund um den Eingang zum Gemeindehaus stand eine Menschenmenge. Die Lehrerin ging über den Gemeindeparkplatz auf die Menschenmenge zu und verlangsamte ihre Schritte. Es schien ihr, als bewegten sich die Leute kaum, und vor allem: Sie konnte keine Stimmen vernehmen. Ihre Schuhe allein, beim Aufsetzen auf den geteerten Boden, verursachten Lärm. Sie versuchte, die Schritte ganz sachte zu setzen, um die in stiller Pose verharrenden Menschen nicht zu stören. Als sie nun zum Halbkreis gelangt war, da öffnete sich dieser wortlos und sie konnte passieren. Sie erkannte mit einem flüchtigen Blick nach links und rechts die Gesichter der Eltern. Sie zögerte, wollte dann entschieden auf den Eingang zuschreiten, als sie schnelle, klare Schritte hinter ihrem Rücken hörte, die näher kamen. Und noch bevor sie sich umsehen konnte, schob sich seitlich eine Hand an ihr vorbei und in der Hand, zwischen dem Daumen und dem Zeigefinger, steckte ein Brief. Die Lehrerin stand still, starrte auf den Brief und wollte dann den Kopf drehen. Aber schon näherten sich neue Schritte, diesmal von der anderen Seite, und eine andere Hand kam aus dem Dunkeln und bewegte sich an ihrem Leib vorbei nach vorn und auch da steckte ein Brief. Sie zögerte abermals, nahm dann die beiden Briefe an sich und drehte sich nach links. Aber schon war die Gestalt wieder im Halbkreis verschwunden. Und auch rechts war sie zu spät. Auch hier sah sie nur einen Schatten, der sich wieder in den Halbkreis eingliederte. Die Lampe, die oberhalb des Eingangs an der Außenmauer angebracht war, schien gelb und schwach. Es war kein öffentliches Licht, kein Licht für den Eingang eines offiziellen Hauses. Es war ein Zellenlicht. Und nochmals näherten sich Schritte und nochmals wuchs eine Hand auf Brusthöhe an der Lehrerin vorbei. Und wiederum steckte zwischen Daumen und Zeigefinger ein Brief. Und plötzlich ganz viele Schritte und dann sah die Lehrerin unmittelbar vor sich ganz viele Hände, die ihr alle im gelben Zellenlicht einen Brief entgegenstreckten. Die Lehrerin bekam einen heißen Kopf. Sie sagte: »Danke, vielen Dank«, sammelte hastig alle Briefe ein, steckte sie in ihre Tasche und schritt mit aller Entschiedenheit auf die Eingangstüre zu.

Die Lehrerin stieg die Treppe hinauf. Und dann stand sie in einem leeren Korridor. Auch hier hingen die Lampen weit oben und das Licht war gelb. Die Lehrerin hatte vergessen, wo sich das Sitzungszimmer befand. Sie kannte das Haus, weil sie hier schon einige Sitzungen der Schulbehörde miterlebt hatte, sie kannte es, aber sie hatte alles vergessen, die Richtung, das Stockwerk. Sie lief nach links und dann nach rechts und las die Schilder, die neben den Türen an die Wand geschraubt waren. Aber es fand sich nirgendwo das Sitzungszimmer. Sie lief nach oben, durchsuchte den zweiten Stock, den dritten und dann abermals den ersten. Sie traf auf keinen einzigen Menschen, keinen Beamten, keinen Abwart. Sie trat in die Frauentoilette und da vor den Spiegel. Sie presste die Lippen zusammen, rollte sie nach innen und überlegte, ob sie die Briefe öffnen sollte. Sie tat es nicht und verließ die Toilette. Wieder im Korridor schloss sie die Augen und rannte dann los: Sie nahm zwei Treppenabsätze aufs Mal, bog nach links, wieder nach rechts und öffnete die Augen: Sitzungszimmer. Sie drückte die Klinke, öffnete die Tür und sah sieben Gesichter, die sie anstarrten. Die Lehrerin blieb stehen und eine Weile verging. Es war so still, dass sie plötzlich glaubte, es sei niemand im Zimmer und es hingen sieben Bilder an der gegenüberliegenden Wand. Und hinter diesen Bildern sah sie den Mond, der über dem bewaldeten Tal stand.

Ein Stuhl stand leer vor den sieben Bildern. Eines der sieben Bilder wuchs in die Höhe, eine Hand kam hervor und das Bild wurde Gestalt. Und die Lehrerin sah, dass die Gestalt Beine hatte, und sie sah, dass die übrigen sechs Bilder auch Gestalten waren und Beine hatten, Beine, die sie unter den Tischen übereinander geschlagen hielten. Immer noch streckte die stehende Gestalt die Hand aus und dann kam es zur Sprache.

Eigentlich hätte sie sich ergeben, denn eigentlich träumte sie und sie sah sich in diesem Traum und sie wusste, dass es ein Traum war. Aber da kam eine neue Regung, eine neue Kraft gleich einer unverhofften Freundin, die sie aus dem Schlaf und damit aus dem Traum riss. Die Lehrerin widerstand der Aufforderung. Sie hatte zwei Tage in Untersuchungshaft gesessen, man hatte sie vom Unterricht suspendiert, der Kontakt zu ihren Schülerinnen und Schülern war ihr untersagt worden. Und es war dies alles so fremd, so plötzlich, und es blieb so unwirklich, dass sie schweigend mitschritt, in jeden Raum, in jede Zelle. Sie hatte über Demütigung nachgedacht und dann war ihr klar geworden, dass sie für eine

Demütigung zu wenig wach war, zu überrumpelt, zu aufgeschreckt. Es gibt das, ein Aufgeschrecktwerden, das einen in einen Schlafzustand versetzt. Man tut etwas, arbeitet und dann taucht etwas auf aus dem Nichts, etwas ganz und gar Unerwartetes fällt über einen her und man erschrickt und fällt in einen Schlaf. Alles, was vor sich geht, was mit einem dann geschieht, wird zum Traum in diesem Schlaf. Und nun war es diese neue Regung, die sie plötzlich spürte und die sie langsam zurückbrachte, aus dem Traum und damit aus dem Schlaf.

»Nein, da setze ich mich nicht hin.«

Die Gestalten wollten klären. Zu keinem anderen Zweck saßen sie im Zimmer als zur Klärung. Die Gestalten hatten sechs Männergesichter und ein Frauengesicht. Eine der Gestalten trug eine Hornbrille. Die Gestalten hatten Lecks. Öl floss aus ihren Mündern über die Sitzungstische hinweg und breitete sich zu einem schweren Teppich aus. Tote Wasservögel schwammen obenauf.

Die stehende Gestalt, die Hand noch immer ausgestreckt, sagte: »Bitte.«

Die Lehrerin sagte: »Nein, ich setz mich dahin.«

Über dem Ölteppich nun der Mond senkrecht, die Talsenke links. Der Lärm abfahrender Autos. Die Gestalten schlugen ihre Beine von neuem übereinander und verschränkten die Arme. Die Lehrerin kannte die Gesichter, sie kannte sie aus früheren Sitzungen, sie wusste, wer grün war, wer pragmatisch, wer in der Mitte, und auch den Liberalen kannte sie, aber eigentlich hatte sie alles vergessen. Warum konnte sie sich nicht lösen von der Vorstellung eines Ölteppichs? Es war ja so absurd, in diesem Augenblick an einen Ölteppich zu denken. Die Lehrerin hatte einen Stuhl entdeckt, der im rechten Winkel zu den Gestalten rechts an der Wand stand.

»Bitte.«

»Nein, ich setz mich dahin.«

»Ich glaube, Sie befinden sich schon in genügend großen Schwierigkeiten.«

Das Wort Schwierigkeiten hob sich aus den übrigen Wörtern hervor. Es war ganz laut. Und es erzeugte ein Echo. Vielleicht waren es die übrigen Gestalten, die dieses Echo verursachten. Oder zumindest in den Ohren der Lehrerin ein Echo verursachten. Wie auch immer, die Lehrerin musste entscheiden, was sie sehen und hören wollte, jetzt, sie musste ihre Wahrnehmung einschalten, es war Zeit. Andernfalls würde sie den Ort verlassen und sie wüsste nicht, was gewesen war, sie wüsste gar nichts. Der neu erwachten Regung, die in sie gekommen war, musste sie Raum geben, sie musste dieser Regung die nötigen Vollmachten erteilen. (Im Geheimen dachte sie: Bomben werfen, einen Hafen in die Luft sprengen, verreisen.) Schon stand sie vor dem Sieg, schon hatte sie die Schritte getan hin zum Stuhl, der seitlich an der Wand stand, als eine andere Gestalt zu sprechen begann, die Gestalt mit Frauengesicht.

»Nein, sie setzt sich auf den Stuhl hier.«

Was die Lehrerin nicht wusste: Es ging um die Kinder, *ihre* Kinder. Es ging um Missbrauch. Sie, die Lehrerin, sollte sich jetzt nicht drücken. Vor Verantwortung etwa. Aus dem Staub und fort. Das sollte nicht sein. Was die Lehrerin erschreckte: Die Stimme der sprechenden Gestalt. In den Ohren der Lehrerin ein Schreien. Kein Echo diesmal, aber die nachträgliche Stille war eine Grabesruhe und nicht weniger bedrohlich. Die Lehrerin wandte sich dem Ausgang zu. Dort stand ein kräftiger Gemeindediener. Die Regung verflog. Der Traum kehrte zurück. Die Lehrerin stand auf und setzte sich auf den ihr zugedachten Stuhl. Die Gestalten waren nun ganz nah und lösten sich auf und wurden zu Menschen mit Pflichten und Rechten und Ämtern und blieben doch Gestalten. »Sie wissen, worum es geht.« Aber die Lehrerin wusste das nicht.

Die Schulbehörde sei nach Absprachen mit den politischen Behörden der Gemeinde und nach Rücksprache mit dem Bildungsrat zur Überzeugung gelangt, dass ein Amtsenthebungsverfahren eingeleitet werden müsse, wobei der Entscheid zu diesem Amtsenthebungsverfahren einstimmig getroffen worden sei. Er, die sprechende Gestalt, werde ihr nun die Punkte erläutern, welche die Schulbehörde zu diesem Amtsenthebungsverfahren veranlasst habe. Gerne würde die Behörde zu den einzelnen Punkten die Meinung der Lehrerin hören. Bei den Verfehlungen handle es sich nach Auffassung der Behörde um schwere Verfehlungen. Selbst wenn strafrechtlich nichts von Belang vorläge, so seien die Gründe für eine Amtsenthebung doch eindeutig gegeben. Die Lehrerin dachte: *In einem großen Wald trafen sich ein Zwerg und eine Fee. Und sie wohnten zusammen lange Jahre, bis sie starben.* »Sie haben die Expedition ohne Einwilligung und Wissen der Schulbehörde durchgeführt. Weshalb?«

Sich zusammenraffen, einen Satz bereits auf der Zunge, dann keine Luft und nichts kommt raus. Bloß die Hände in die Höhe heben und wieder in den Schoß. »Sie haben keine Antwort?«, fragte die Gestalt. *Nein sagen, knapp und stimmlos nein sagen und übereinander geschlagene Beine sehen und die verschränkten Arme und hören von der Bedeutung einer Behördenhintergehung, von allen Seiten her hören und hören von der Fragwürdigkeit und vom fehlenden Recht und hören von schweren Verletzungen und den geltenden Regelungen und eine Geschichte im Kopf haben, die einen nicht mehr verlässt.* Die Gestalt sprach weiter: »Sie haben die Kinder in große Gefahr gebracht. Nebst der Tatsache, dass jederzeit nochmals ein Erdrutsch hätte erfolgen können, ist auch festzuhalten, dass Sie bei mehreren Kindern eine physische Überanstrengung beziehungsweise Erschöpfungszustände provoziert haben.« *In einem großen Wald trafen sich eine Fee und eine Fee. Sie lebten miteinander lange Jahre, bis sie starben.* »Was sagen Sie zu diesem Punkt?«, fragte die Gestalt. Ich... bin... – *Sagen und dann nach Wendungen ringen, die Behördensprache suchen, das Wörterbuch, Entschuldigungen und nichts finden und nichts sagen und die Beine sehen und die Arme der Gestalten und nicht mehr denken können, und alles ist weit und weit weg, und eine andere Gestalt sehen, eine Gestalt mit Hornbrille, und sagen hören von Verantwortung und Fragen: nicht daran gedacht? Und sagen wollen von natürlich daran denken und Beine sehen, übereinander geschlagen, und die Arme verschränkt und dann das Gegenteil sagen, offenbar das Gegenteil und nein nicht daran denken.* Die Gestalt kam zum dritten Punkt: »Die Benutzung der Zivilschutzanlage war widerrechtlich, Sie wussten das?« *Im großen Wald trafen sich eine Fee und eine andere Fee, die nicht ganz eine richtige Fee war, aber dennoch eine, und sie lebten lange Jahre wortlos und warteten, bis ein Mädchen kam und ihnen die Sprache brachte. Dann teilnahmslos sprechen und reden im Schlafwandeln.*

»Ich weiß nicht.«

»Was wissen Sie nicht?«

»Ich weiß nicht mehr, ob ich das wusste oder nicht. Ich weiß auch jetzt nicht, ob ich es weiß oder nicht.«

»Ich sage Ihnen nun etwas! Wenn Sie es nicht mehr wissen, so wissen es doch die Kinder: Geheimhaltung sei abgesprochen worden, so sagen sie aus. Also mussten Sie doch um die widerrechtliche Natur der Sache wissen!«

»Die Kinder sagten das? ... ich weiß nicht, ich kann mich nicht erinnern an diese Absprache... und... weshalb haben die Kinder das Geheimnis verraten, wenn es ein Geheimnis gewesen sein soll?« *Ist das nicht traurig denken, ungeheuer traurig, und dann etwas anderes sagen und vom Thema abkommen.* »Wissen Sie, weit im Osten trafen sich zwei Reisende und es blieb ein Geheimnis und niemand wusste davon und die Reisenden starben und waren glücklich.«

Draußen Lärm von ankommenden Autos. Türen wurden geschlagen, vereinzelt laute Stimmen. Der Inhalt undeutlich. Das Licht im Zimmer milchig.

»Die Geheimhaltung an sich ist ein weiterer Punkt, der höchst bedenklich ist...«

»Entweder es gibt noch das Geheimnis oder es gibt es nicht mehr.«

»Es gibt auch schlechte Geheimnisse, Frau Lehrerin!«

»Nein, es gibt nicht gute und schlechte Geheimnisse, Herr Präsident, wenn Sie die schlechten ausrotten, dann rotten Sie alle Geheimnisse aus, alle!«

Eine Pause. Dann folgte die Duschgeschichte. Nochmals duschten die Mädchen, die angezogen noch zwölf- und dreizehnjährige Kinder waren, nochmals duschte die ganze Klasse und nochmals duschten die Gestalten mit und nochmals kamen sie zum Höhepunkt. Und nochmals wurde es eine Spur trauriger und dunkler. Der Mond war verschwunden. Die Reisenden verschollen. Die stehende Gestalt schwieg und die Lehrerin lächelte.

Die Untersuchungen waren eingestellt worden, obwohl sich in der Wohnung der Lehrerin Fotografien von nackten Mädchen fanden. Bei den nackten Mädchen handelte es sich nicht, wie zunächst gerüchteweise verbreitet worden war, um Schülerinnen der Lehrerin, jedoch um Mädchen in vergleichbarem Alter. Die Fotografien waren nach mehrmaliger Begutachtung als nichtpornografisch eingestuft worden. Das aber tat nichts zur Sache. In der öffentlichen Meinung gehörte die Lehrerin an die Wand gestellt. Die stehende Gestalt erinnerte an die Aussage einiger Knaben, die erklärt hatten, drei Mädchen hätten sich bereits im Aufenthaltsraum vollständig entkleidet, vor den Augen aller also, auch vor den Augen der Lehrerin. Und die Lehrerin? Sie hatte ihr Lächeln nicht verloren, ja, sie hatte es gar bis zur Verflüchtigung vorangetrieben. Im Gesicht war kein Lächeln mehr, es war bereits etwas anderes, aber es war die Idee des Lächelns im ganzen Raum und über dem Ölteppich und den toten Wasservögeln. Die Gestalten waren ihr abhanden gekommen, sie hatte längst keine Erklärungen mehr für das, was sie vor sich sah. Die verschränkten Arme und die übereinander geschlagenen Beinen waren ausgewuchert und zahllos geworden.

Dann kam die Gestalt auf den weiteren Verlauf zu sprechen. Das Begehren auf Amtsenthebung werde an den Schulrat der Region weitergeleitet. Falls dieser Rat das Begehren stütze – davon sei auszugehen –, werde das Begehren danach an den Chef des Bildungsdepartements weitergeleitet und mit der Unterschrift des Bildungsministers werde die Enthebung rechtskräftig. Natürlich gebe es auf jeder Stufe Fristen für allfällige Einsprachen. Bis zum Abschluss des Verfahrens bleibe die Lehrerin vom Unterricht suspendiert. Dann wandte sich die Gestalt nochmals der Lehrerin zu und fragte, ob sie Stellung nehmen möchte.

In einem großen Wald trafen sich zwei Feen, und ein Mädchen kam hinzu und brachte die Sprache. Aber die Sprache machte die Feen traurig. Das Mädchen brachte Romane, die von dem handeln, was zwischen den Beinen ist, und von Müttern, und die Romane machten die Feen noch trauriger. Und dann kam das Mädchen und brachte einen großen Roman mit dem Titel *Dolocani* und darin reist dieser Dolocani weit weg in den Osten und wird dort aufgelöst und das machte die Feen am allertraurigsten. Stellung nehmen? Ich bin doch auf dem Stuhl? Hab ich nicht eine Stellung? Sie haben mir doch die Stellung gegeben. Ich wollte sie

anfänglich nicht, ist das richtig? Ich wollte mich auf die Seite setzen, ich habe mich ja schon fast gesetzt, aber das war Ihnen nicht gefällig, also konnte ich keine eigene Stellung nehmen und ich habe mich in die vorgesehene hineinbegeben, weil meine Regung wieder zusammengebrochen ist, nachdem mich die Gestalt mit dem Frauengesicht aufgeschreckt und in den Schlaf zurückgeschleudert hat, verstehen Sie? Ich habe keine eigene Stellung, verstehen Sie, ich sehe bloß unzählige übereinander geschlagene Beine und unzählige verschränkte Arme vor mir.
»Sie müssen nicht antworten, es zwingt Sie niemand. Möchte jemand aus der Behörde ergänzen?«, so fragte die stehende Gestalt nach minutenlangem Schweigen. »Ja, ich möchte!« Die Frau, die anfänglich darauf beharrt hatte, dass die Lehrerin den von der Behörde vorgesehenen Stuhl benutzte, meldete sich: »Ich finde es wichtig, dass mit dem Amtsenthebungsverfahren der Fall nicht einfach vergessen wird. Wir sollten lernen. Einerseits sollten wir uns als Behörde fragen, wie wir unsere Kontrollaufgabe noch besser wahrnehmen können, und andererseits sollte man innerhalb der Lehrerschaft das Problem von Sexualität und Körperlichkeit diskutieren. Ein Wochenendseminar wäre vorstellbar. Es ginge dabei darum, dass die Lehrpersonen sich der Distanz bewusst würden, die die Kinder brauchen. Situationen, in welchen das Körperliche vielleicht ohne Absicht plötzlich ganz zentral wird, sollten vermieden werden. Es geht darum, Situationen auszuschließen, in welchen es zum Missbrauch kommen kann, darum geht es mir. Es sollten Situationen ganz vermieden werden.« So schloss die Gestalt ihre Rede ab. Eine andere Gestalt, diejenige mit der Hornbrille, nickte, eine weitere fragte, wer dieses Seminar bezahlen sollte, der Präsident warb für eine europaweite Lösung des Problems und der Abend nahm seinen Lauf. Haushaltsfragen, Budgetfragen, persönliche Anfeindungen, Klatsch. Es schien, als hätte

man die Lehrerin gänzlich vergessen. Nach einer halben Stunde stand die Lehrerin auf. Die Behörde erschrak und man rieb sich die Augen. »Und die Leichen?«, fragte die Lehrerin in einer sehr verständlichen Sprache. Aber die Sprache traf ins Leere und die Lehrerin wandte sich um und ging.

Beim Ausgang wartete eine Menschenmenge. Eine andere. Transparente waren zu sehen. In vorderster Reihe stand der Metzger, der sich einst den Witz mit dem Schädel erlaubt hatte. Er stand da und sein Gesicht verlangte Strafe. Alle Gesichter verlangten Strafe. Es gab kein Durchkommen für die Lehrerin. Vereinzelt wurde mit Abschlachten gedroht. Die Lehrerin sprang zurück ins Haus. Wieder eilte sie durch Stockwerke und Gänge. Und dann hörte sie Stimmen im Haus. Sie begann zu rennen, immer schneller, und sie konnte keine zweite Tür finden. Hinter einer Ecke stand der Gemeindediener. Die Lehrerin flüchtete eine Treppe hinauf. Der Gemeindediener sprang ihr nach und rief: »Warten Sie!« Aber die Lehrerin wartete nicht, sondern rannte weiter. Der Gemeindediener rief wieder: »Warten Sie, ich helfe Ihnen!« Die Lehrerin hatte keine Wahl, denn die Wege waren ihr versperrt. Sie bremste ihren Lauf ab, wartete. Und tatsächlich nahm sie der Gemeindediener beim Arm und führte sie in eine kleine Kammer mit Reinigungsmitteln und alten Musikinstrumenten. Dort öffnete er ein Fensterchen und sagte: »Sie müssen hier raus.« Die Lehrerin schaute ungläubig. Sie war nicht dick, ja, sie war außerordentlich schlank gar, aber sie glaubte nicht, dass sie durch dieses Fensterchen nach draußen gelangen könnte. »Sie müssen hier durch, verstehen Sie. Es ist die einzige Stelle, wo die Mauer vollkommen im Dunkeln liegt. Eine Leiter steht bereit. Sie können mühelos hinunterklettern. Wenn Sie unten sind, dann entfernen Sie sich sogleich von der Mauer. Sie gehen über die Blumenbeete und dann kommt ein ziemlich dichtes Gebüsch. Sie müssen durch dieses Gebüsch hindurch und stehen dann auf einem Weg, der nach unten zur Hauptstraße führt. Auf den Gemeindeparkplatz können Sie nicht gehen. Das wäre gefährlich. Sie gehen hinunter zum Friedhof und warten dort auf mich. Ich komme dann mit meinem Auto und fahre Sie in die Stadt.« Die Lehrerin sagte, dass sie gar nicht auf den Gemeindeparkplatz zurückkehren müsse, weil sie das Auto unten bei der Metzgerei hingestellt habe. Er brauche sie deshalb nicht in die Stadt zu fahren. Der Gemeindediener mahnte sie zur Vorsicht. Er werde in ungefähr zehn Minuten sicherheitshalber trotzdem vor dem Friedhofseingang vorbeifahren. Sei sie nicht dort, so nehme er an, sie sei mit dem eigenen Auto weggekommen. Aber es könne ja etwas schief gehen. Die Lehrerin bedankte sich für seine Hilfe und dann zwängte sie sich durch die kleine Fensteröffnung in die Dunkelheit hinaus. Ihre Füße fanden die Leiter und sie kletterte hinunter. Unten angekommen rannte sie durch Rosenbüsche und kratzte sich Hände und Arme blutig. Katzen sprangen davon. Dann stand sie auf dem Weg und schaute in alle Richtungen. Es war wieder still nun, nur spärlich Licht hinter Fenstern. Ein Hund bellte von weither. Sie lief hinab zur Hauptstraße, sie rannte nicht (ihre Schuhe hätten zu sehr aufgeschlagen und einen Lärm verursacht). Auch auf der Hauptstraße, die Saignelégier mit La Chaux-de-Fonds verband, war niemand, kein Auto, kein Mensch. Die Lehrerin überquerte die Straße und schritt auf ihr Auto zu, das vollkommen allein neben der Dorfmetzgerei stand. Bevor sie einstieg, fiel ihr Blick erneut auf das Schild an der Hausmauer: *Parkplatz nur für Kunden der Metzgerei F. Ferrer.* Irgendetwas hielt sie gefangen. Sie hätte einsteigen müssen, sie hätte losfahren müssen, Eile war angesagt. Aber sie schaute auf den Namen und dann wusste sie plötzlich, was sie gefangen hielt. Es ging ihr eine Verbindung auf: Ferrer! So hieß der Autor des Buches, das sie gelesen hatte. Mehr noch: Verschlungen. Jean-Jacques Ferrer. Von einem Indienreisenden handelte es, Dolocani, so hieß er im Buch. Es war die Geschichte einer Auflösung. Die Lehrerin aber, anstatt endlich einzusteigen, stand weitere Sekunden vor dem Schild und dachte an nichts anderes als an die Möglichkeit, dass dieser Jean-Jacques Ferrer mit dem Metzger, auf dessen Parkplatz sie augenblicklich ihr Auto stehen hatte, verwandt wäre. Und dann geschah etwas Seltsames: Sie hörte ein Geräusch, das sich so anhörte, als ob ein Fenster geöffnet würde. Sie hob ihren Blick leicht an. Oberhalb des Schildes lag die Hauswand, durch das seitlich weit hinausragende Dach vom gelblichen Licht der Straßenbeleuchtung abgeschnitten, im Dunkeln. Und dann merkte die Lehrerin, dass sie nicht auf die dunkle Mauer starrte, sondern auf eine Fensteröffnung, die sich dadurch zu erkennen gab, dass sie noch schwärzer war als die umliegende Mauer. Und Sekunden später sah oder vielmehr spürte sie, dass nicht nur sie starrte. Es starrte auch jemand aus der dunklen Fensteröffnung heraus. Sie sah kein Gesicht, keinen Umriss eines Menschen, aber sie glaubte, drei Meter entfernt und nur um weniges über der eigenen Kopfhöhe gelegen, zwei Augen zu erkennen, zwei leuchtende Augen.

Sie kam wieder zu sich, als sie am Friedhof vorbeiraste. Das Einsteigen, das Anlassen des Motors, die Wahl, nicht auf der Hauptstraße zu fahren, sondern hinunter zum Friedhof und dann vorbei an der halbzerfallenen Villa der beiden Schwestern, das alles musste ohne ein Bewusstsein geschehen sein. Unten auf der Ebene setzten die Gedanken ein: Der Metzger war oben beim Gemeindehaus, sie hatte ihn gesehen. Aus keinem der Fenster des Metzgerhauses drang Licht. Es schien, es wäre niemand zu Hause. Und trotzdem: Hatte jemand gewartet, genau hinter diesem Fenster, auf sie gewartet? Wozu? Wer? Sie nahm die rechte Hand weg vom Steuerrad und ohrfeigte sich zweimal auf beide Wangen. Eine

Menschenmenge vor dem Haus, dann das Gemeindehaus leer, dann das Zimmer, doch noch gefunden, es waren Gestalten darin, und dann war sie weggedriftet, Ölteppich, Feen, Zwerge, später eine andere Menschenmenge, Transparente, die Flucht in den Gängen des Gemeindehauses, Stimmen, die sie bedrohten, dann der Gemeindediener, weshalb wollte er sie nach La Chaux-de-Fonds bringen, was wusste er, und dann das Fenster. Das alles lag hinter ihr. Sie war bei der Zivilschutzanlage angelangt. Sie bremste ab. Sie hielt. Was wollte sie hier? In die Duschräume gehen? (Sie hatte keinen Schlüssel.) Hinunter zur Talsenke? Eine dritte Leiche finden? Die eigene? Dann ein Lichtstrahl. Sie schaute in den Rückspiegel. Ein Auto raste über die Ebene. Es raste auf sie zu. Sie gab Gas. Fuhr auf einem kleinen ungeteerten Weg entlang des Waldrandes Richtung Nordosten. Das sie verfolgende Auto, wenig später, bog ebenso auf diesen Weg ein und nun musste ihr zugute kommen, was sie bei der Vorbereitung der Expedition (sind es nicht schon Jahre her?) getan hatte. Sie hatte alle Zufahrtswege und Sträßchen, die bis hin zur beginnenden Senke und am nordöstlichen Ende des Tales über eine leichte Erhebung, eine kammartige Erhebung auf die andere Seite der Talsenke führten, ausgekundschaftet, um den besten Einstieg ins Tal zu finden. Und sie musste sich jetzt erinnern, sie musste ganz wach werden, und sie erinnerte sich. Sie erinnerte sich an alle Wege und alle Verzweigungen und sie fuhr in Bögen und Zirkeln und sie schaltete das Licht aus und fuhr blind und sicher wie nie und sie wusste, dass dies nun ihr Land wäre, und dann öffnete sie die Augen und es war alles dunkel. Keine Scheinwerfer im Rückspiegel. Kein Licht, auch weit entfernt nichts. Sie fuhr weiter, sie gelangte über die kammartige Erhebung auf die andere Seite der Talsenke und sie dachte daran, dass sie mit etwas Glück nun die weiter südlich gelegene Regionalstraße finden könnte, welche sie dann von Südosten her zurück in die Kleinstadt brächte. Aber sie gelangte nicht auf diese Regionalstraße, denn mitten im Wald überfiel sie eine Ahnung und sie trat auf das Bremspedal mit aller Kraft, stürzte sich aus dem Wagen und rannte ins Unterholz. Hinter Wurzeln warf sie sich auf die Erde. Sie konnte ihren Kopf gerade noch wenden und dann gab es einen ungeheuren Knall und das Auto ging in Flammen auf. Aus der umliegenden Dunkelheit erschollen Echos in allen Sprachen. Sie verstand nichts mehr. Aber sie wusste, woher die Regung kam, die Regung zu Beginn der Sitzung: Sie kam von der Liebe zu den Mädchen. Im Auto zurückgeblieben war die Tasche der Lehrerin und mit der Tasche die Briefe. An diese Briefe erinnerte sich die Lehrerin, nachdem die Echos verhallt waren und alles zu schrumpfen begann. Es schrumpfte alles zusammen, alles Vorgefallene und alles Eingebildete, und es schrumpfte nur etwas nicht: die Briefe. Die behielten ihre ursprüngliche Größe, ihre Form und ihre Farbe. Weiß waren sie gewesen. In den Briefen stand geschrieben:

Unsere Janine hat Sie sehr geliebt. Wir sind sehr traurig. Herr und Frau Lachat.

Unsere Pascale hat Sie sehr geliebt. Wir sind sehr traurig. Herr und Frau Sandmann.

Unsere Monique hat Sie sehr geliebt. Wir sind sehr traurig. Herr und Frau Breulat.

Unsere Marie hat Sie sehr geliebt. Wir sind sehr traurig. Herr und Frau Froidevaux.

Unsere Natalie hat Sie sehr geliebt. Wir sind sehr traurig. Herr und Frau Brunner.

Unsere Caroline hat Sie sehr geliebt. Wir sind sehr traurig. Herr und Frau Kulangara.

Unsere Dominique hat Sie sehr geliebt. Wir sind sehr traurig. Herr und Frau Ferrer. Und so weiter.

Niemals erfuhr die Lehrerin, was in den Briefen geschrieben stand. Die auf einen Hinweis jener Schulklasse von Les Bois entdeckten Leichen wurden gerichtsmedizinisch untersucht und identifiziert. Es handelte sich um zwei vermisste Knaben aus dem elsässischen Glonville. Dass sie einem Verbrechen zum Opfer gefallen sein mussten, davon ging die Polizei aus. Es gelang ihr jedoch nicht, Licht in das Dunkel dieses Verbrechens zu bringen. Untersuchungen, Befragungen und Überwachungen verliefen ergebnislos. Aus der Sicht der Polizei war nicht zuletzt die Mutter der beiden toten Knaben mitschuldig am ergebnislosen Verlauf, zeigte sie sich doch keineswegs zur Zusammenarbeit bereit. So hatte die Klasse letztlich die Fährte zu einem Fall freigelegt, der ungeklärt blieb. Die zusammen mit den Leichen aufgefundene blaugrünliche Erde erwies sich als Produkt von chemischen Ablagerungen, die sich in jenem Tal über Jahre hin angesammelt hatten. Aus der chemischen Zusammensetzung der Erde ergab sich auch der Umstand, dass die Leichen weitgehend unversehrt blieben, solange sie sich in dieser blaugrünlichen Erdmasse befanden. Es gibt keinen Grund zur Annahme, dass die Täterschaft von den besonderen chemischen Umständen jenes Waldgebietes wissen konnte. Hingegen ist mit Sicherheit anzunehmen, dass ohne die Schlammlawinen die Leichen der beiden Knaben nicht an die Oberfläche gepresst worden wären.

Die Lehrerin entschloss sich zur vorzeitigen Kündigung, so dass das Amtsenthebungsverfahren nicht mehr zu Ende geführt werden musste. Was das Wrack ihres ausgebrannten Autos betraf, so gab sie vor, das Auto in einem Anflug von geistiger Umnachtung selbst in Brand gesteckt zu haben. Die Aufräumungsarbeiten gingen zu ihren Lasten. Sie verließ das Land und auch Europa und soll heute in Indien oder Nepal in einem Projekt zur Frauen- und Mädchenförderung mitarbeiten. Der Chef der Zivilschutzanlage wurde zu einer Buße von tausend Schweizer Franken verurteilt. Der Mann mit der schwarzen Hornbrille ist inzwischen zum Präsidenten der grünen Landespartei gewählt worden und hält die Beine bei Sitzungen nach wie vor übereinander geschlagen. Die Ehe der ehemals ebenso der Schulbehörde von Les Bois angehörenden Frau, die darauf bestanden hatte, dass die Lehrerin sich auf den von der Behörde hierfür vorgesehenen Stuhl setzte, wurde geschieden, und der Vertreter der liberalen Partei, an jenem denkwürdigen Abend im Gemeindehaus von Les Bois gleichfalls als Behördenmitglied anwesend, ist an einem Herzinfarkt gestorben. Der Präsident, der damals zur Hauptsache die Sitzung geleitet hatte, konnte als Sekretär eines Kommissars nach Brüssel wechseln und ein Mädchen aus jener ehemaligen Expeditionsklasse hat sich im Alter von sechzehn Jahren das Leben genommen. Noch immer wird die Wiese oberhalb des bewaldeten Tales überdüngt, noch immer leben in der halbzerfallenen Villa die zwei Schwestern und noch immer weiß niemand, wie diese ihren Lebensunterhalt verdienen.

Anhang: Drei Stellungnahmen

I. MARIA GRAZIELLA DOLOCANI

Ich lebe als Mutter zweier Kinder in Colmar. Bin verheiratet, nicht überaus glücklich, aber es geht. Ich möchte mit diesem Schreiben auf den Umstand aufmerksam machen, dass mein ehemaliger Lehrer verschiedentlich versucht hat, seine Biografie zu verwischen, und vor allem, dass er mit großem Aufwand an der Verzettelung seiner Persönlichkeit, mehr noch: einer mehrfachen Aufspaltung arbeitet. Dazu benutzt er meinen Namen und auch meine Person. Ich möchte dazu festhalten:
Mein Lehrer war immer nur mein Lehrer. Er war als einheitliche Persönlichkeit fassbar, nicht nur für mich, für alle meine Mitschülerinnen und Mitschüler ebenso. Dass eine Persönlichkeit komplex ist, keine Frage, aber es soll keiner so tun, als ob er mehrere Biografien hätte, gleichzeitig, nebeneinander (meinetwegen hintereinander, falls man daran glaubt). Soll auch keiner versuchen, sich auf diese Weise aus der Verantwortung zu stehlen. Allerdings möchte ich gleich zu Beginn festhalten, dass ich durch meinen Lehrer nicht geschändet worden bin und dass ich nie in ihn verliebt war.

Zum Hauptproblem meines ehemaligen Lehrers: Er konnte Schülerinnen und Schüler nicht nehmen, wie sie waren. Interessierte er sich für jemanden, so begann er sofort mit Projektionen. Ja, er interessierte sich nur für die, die ihm als Projektionsfelder geeignet schienen. Bei mir war das Ausmaß der Projektionen besonders krass. Er sah in mir die heilige Maria, er sah mich mit einem

Heiligenschein über dem Kopf und in Gebetsstellung. Gleichzeitig wollte er mit mir über Sex sprechen, er wollte mir als der reinen Maria den schmutzigen Körper vorführen, er wollte Geständnisse und in seinem Kopf untermalte er das Ganze mit geistlicher Musik aus dem Mittelalter. Ich sagte zu ihm: Ich bin nicht die reine, kleine Maria, ich bin nicht die Katholische schlechthin, ich bin zwar aus Kalabrien, aber ich hab mit diesem Katholikenscheiß nichts zu tun. Bitte nimm das zur Kenntnis! Aber er nahm es nicht zur Kenntnis, er malte weiter an seinen Madonnenbildern, er wollte an mir seinen Schmutz heiligen und er wollte an mir das Reine verschmutzen, beides zugleich, und er nannte das Liebe.

Wissen Sie, ich wusste, dass er Psychopharmaka nehmen musste, er sagte mir das persönlich, sogar die Dosis gab er mir bekannt, aber ehrlich gesagt, es beeindruckte mich kaum. Sehen Sie, ich bin aus einer einfachen Familie. Mein Vater hatte nur Fußball und Autos im Kopf, mein Bruder nur Fußball. Von der Mutter möchte ich nicht sprechen. Es gab bei uns keine so genannt geistigen Gespräche. Und natürlich, ich war dankbar, dass da einer kam, mein Lehrer eben, der mir da einige Kanäle öffnete. Er war sehr intelligent und in seinem Fach sehr kompetent, da besteht kein Zweifel. Ich schätzte das. Ich nahm, was er zu bieten hatte. Ich sah aber, dass er mit seinem Wahn über mich und meinen Namen (manchmal glaube ich, dass es sich ja lediglich um einen Namenwahn gehandelt hat), ich sah also, dass er damit voll quer laufen würde. Ich sah das, aber glauben Sie mir, ich konnte dagegen nichts tun. Mag sein, ich wollte auch nicht, denn es gab doch sehr viele, sagen wir, interessante Augenblicke mit ihm. Ich konnte insgesamt sehr profitieren. Ja, ich glaube, er machte mich irgendwie stark. Stark im Spiel, denn es war ein Spiel, und seine Versuche, aus dem Spiel eine existenzielle Not abzuleiten, waren lächerlich. Obwohl, es sei zugegeben, ich habe das Spiel so mitgespielt, dass er zuweilen glauben mochte, es sei kein Spiel mehr. Ich habe auch geschrieben, ihm geschrieben. Ich lege Ihnen nun die Texte vor, urteilen Sie selbst:

»Ich bin nicht nett und unschuldig, aber es gehört zu meinen täglichen Aufgaben, nett und unschuldig zu wirken. Ich bin böse, möchte zwar ununterbrochen geliebt werden – und mir gleichzeitg alles Gemeine erlauben, immer hinter der Fassade des frischgeborenen, unerfahrenen und lieben Kindes. Ich möchte die Aufmerksamkeit ständig auf mir haben und ich versuche ständig im Mittelpunkt zu sein. Zum Einschlafen stelle ich mir vor, wie ich jemanden verschnipsle.«

Und dann:

»Und dann, als du mir es sagtest, ging ich automatisch und sofort zurück, plötzlich verstand ich nicht mehr, warum ich so gehandelt hätte, dass du dich in mich hättest verlieben können. Ich wollte es nicht, wollte, dass alles so blieb wie vorher, fand es schön, mit dir zu sprechen. Du über dich, ich über mich oder du über mich und ich über dich, aber nicht wir über uns.«

Und:

»Lass mich dich so nennen wie die Märchenfigur mit der Wunderlampe. Dieser Name rührt mich. Ich bin traurig, dass dieses Märchen so zu Ende gehen musste, und wütend bin ich auch, auf dich, auf mich.«

Ach ja, dann wäre noch Hofer. Ich bin natürlich längst nicht mehr mit ihm zusammen. Dass er einmal nach Kalabrien gereist wäre, ich weiß nichts davon. Zu gemeinsamen Marokkoferien ist es noch gekommen. Danach war bald Schluss. Es war eines der großen Missverständnisse meines Lehrers, dass er glaubte, wir wären nicht zusammen wegen Hofer. Aber Hofer war nie ein Grund. Ich brauchte Hofer, ja, aber er war niemals Hinderungsgrund. Ich lernte an ihm erwachsen zu werden und verlernte es, ebenso mit ihm, beinahe wieder. Ich habe keinen Kontakt mehr zu Hofer. Er ist mir auch gleichgültig, was sich von meinem Lehrer übrigens nicht sagen lässt. Aber Hofer war ja ganz gewöhnlich, ein bleicher Typ sozusagen, da gebe ich Lehr ganz recht. Er habe sich schon kurz nach der Trennung von mir wieder eine neue Schülerin zugelegt, das kam mir noch zu Ohren. Aber es berührte mich nicht. Lehr, und das ist sein großer Fehler, Lehr hat Hofer immer überbewertet, nicht was seine Persönlichkeit betrifft (wie gesagt, die hat Lehr schnell begriffen, wie er übrigens, kamen ihm keine Projektionen in die Quere, immer schnell begriffen hat), nein, überbewertet, was seine Bedeutung für mich anbelangte. Im Übrigen möchte ich noch zwei kleine Dinge bestätigen: Ich hasste meine Klasse wirklich, da hatte Lehr recht, und ich schätzte den Mathematiklehrer, nach Lehr ein Langweiler, ich weiß, aber ich gebe es zu, ich schätzte ihn sehr. Zum Rest möchte ich schweigen.

Es liegt mir nicht daran, es liegt mir wirklich nicht daran, über ein paar Korrekturen hinaus eine eigene Lebensgeschichte vorzulegen. Mich gibt es einmal und das angestrengte Getue meines Lehrers mit seiner Selbstauffächerung hat für mich etwas Lächerliches. Entweder er war Lehr und er hat früher einmal diese Knaben gekannt (er braucht deswegen ja nicht deren Mörder zu sein) oder er war Lehr und hat diese Knaben nicht gekannt. Das ist doch ganz banal. Das Geld, das er für die Reise nach Kalabrien ausgegeben hat, das hätte er sich sparen können. Und die verschiedenen Schreibweisen seines Namens finde ich äußerst manieriert, fast geschmacklos. Wissen Sie, vier unterschiedliche Schreibweisen eines Namens machen noch keine vier Biografien aus! Ach, was mir noch einfällt: Vor Jahren hat mich bereits einmal ein Neuseeländer in einem seiner Romane verschriftet, ich bin es gewohnt.

II. DIE MUTTER VON KERIAN UND SPAL

Die abschätzige Art und Weise, mit welcher der Verfasser des Buches die anthroposophische Medizin behandelt – oberflächlich behandelt! –, möchte ich sehr bedauern. Ich kann mir nicht vorstellen, dass der Verfasser diese Haltung von Leer (wie er sich später schrieb – ich selbst riet ihm ja dazu!), dass er diese Haltung also von Leer übernommen hätte. Der Zynismus, mit welchem der Tod einer krebskranken Frau beschrieben wird, hat mich sehr betroffen gemacht. Überhaupt werden die Biografien oftmals ins Lächerliche gezogen.

Was mich persönlich betrifft, möchte ich ein paar Punkte festhalten:

1. Meine zwei Kinder sind tot. Das Verbrechen bleibt unaufgeklärt. Ich habe dies akzeptiert. Ich werde deshalb weder an dieser Stelle noch sonst irgendwo mich an Spekulationen über eine mögliche Täterschaft beteiligen. Ich weiß von Eltern, die nach Strafe schreien, nachdem ihre Kinder getötet wurden. Ich verstehe diese Haltung, ich teile sie nicht. Was hier und jetzt geschieht, hat für mich nicht die Bedeutung, die es für andere Menschen hat. Meine Ausrichtung ist eine andere. Ich habe aber niemals eine Aussage verweigert, niemals die Polizei oder die Untersuchungsbehörden in die Irre geführt. Der Vorwurf, ich hätte nicht mit der Polizei zusammengearbeitet, trifft insofern nicht zu.

2. Ich habe erst Monate nach dem Verschwinden meiner Kinder eine Vermisstanzeige aufgegeben (der Schulbehörde und Verwandten habe ich einen Auslandaufenthalt vorgelogen, das war die einzige Lüge). Mein Verhalten hatte familiäre Gründe, ich möchte diese nicht bekannt geben. Mit einer Verwicklung meinerseits in dieses Verschwinden hatte der späte Zeitpunkt der Vermisstanzeige nichts zu tun. Die Zeit, die ich damals durchzustehen hatte (zu-

sammen mit meinem Mann), war eine unglaublich schwere; dass in einer solchen Phase auch Fehler im eigenen Verhalten auftreten, scheint mir ganz natürlich. Auf einer höheren Ebene allerdings, so sehe ich das, sind wir alle auf eine bestimmte Weise verwickelt, immer schon, und als Aussage auf einer höheren Ebene würde ich meine Verwicklung nicht leugnen wollen.

3. Die Szenen in der Natur mit Leer: Es gab sie. Über die Art und Weise der Schilderung möchte ich mich nicht äußern. Allerdings, eine dabei unterstellte oder zumindest unterschwellig angesprochene Beziehung sexueller Natur muss ich klar verneinen. Über das Verhältnis von Leer zu meinen Kindern möchte ich nichts sagen. Ich kann jedoch allen, die es hören wollen, versichern, dass der Leer, den ich kenne, mit der Ermordung nichts zu tun hat. Ich würde für seine Unschuld gar vor Gott eintreten.

4. Eine nähere Beziehung zwischen mir und dem Juristen, den ich sehr wohl gekannt habe, gab es nicht. Wir haben uns zwar verschiedentlich gesprochen, er hat mir von der Erkrankung seiner Mutter erzählt, aber sonst war da nichts. Von einer Führung hin zu einer Neuüberbauung weiß ich nichts. Ich habe das in diesem Buch zum ersten Mal gelesen.

Auch habe ich Herrn Ferrer und Frau Bandler nie gesehen, ja, ich bin in diesem Buch erstmals überhaupt auf ihre Namen gestoßen. In der Buchhandlung waren keine Titel eines Schriftstellers namens Ferrer greifbar und es konnten auch keine bestellt werden: Ein Schriftsteller namens Ferrer war im Computer nicht auffindbar.

5. Dem Buch muss ich entnehmen, dass der Verfasser wohl keinerlei Ahnung hat, welche Schwierigkeiten wir in der Familie zu meistern hatten. Ich persönlich habe versucht, mit Leer in Kontakt zu bleiben. Es war mir wichtig, dass der Faden nicht ganz reißen würde. Er allerdings verstand meine Gesten nicht, er glaubte, es

könne so weitergehen wie früher – trotz den massiven Verdächtigungen. Daraufhin habe ich ihm in aller Freundschaft einen Abschiedsbrief geschrieben, aus dem ich unten einen Auszug anfüge.

Nicht verhehlen möchte ich auch die Auseinandersetzungen mit meinem Mann, der zu Leer schon vor dem Verschwinden der Knaben auf Distanz gegangen ist. Meine positive Haltung zu Leer auch nach dem Verschwinden der Knaben und mein Abschiedsbrief haben unsere Beziehung schwer belastet, oftmals gar an den Rand der Auflösung gebracht. Der Entscheid, mit Leer zu brechen, freundlich allerdings, war somit – ich möchte das nicht verschweigen – auch das Resultat des Druckes, der auf mich ausgeübt wurde. Letztlich wollte ich mich aber für die Familie entscheiden, für meinen Mann.

6. Die späteren Bemühungen Leers, gegen eine Verwechslung oder eine vermeintliche Verwechslung anzukämpfen, waren mir nicht bekannt. Sie sind mir mit diesem Buch erstmals präsentiert worden. Ich persönlich weiß nichts von einer Maria, und die Art und Weise, wie Leer (oder eben der vermeintliche Leer) versucht, seine Identität aufzuheben oder zu verdecken (ich verstehe nicht genau, was er eigentlich tut), weckt in mir Argwohn. Die Leichen meiner Knaben sind von einer Schulklasse entdeckt worden. Dass ein bestimmter Leer von der Fundstelle, wenngleich verschwommen, gewusst haben soll, das irritiert mich. Ich weiß nicht mehr, wer Leer wirklich ist, und ich möchte es vielleicht nicht mehr wissen. Jedenfalls müssen in ihm, nach dem Abbruch unseres Kontakts, Veränderungen vorgegangen sein, die ich wohl kaum nachvollziehen könnte.

Dabei möchte ich es bewenden lassen. Ich werde abschließend den Schluss meines Abschiedsbriefes als sehr persönliches Dokument anfügen. Ich weiß nicht genau, weshalb ich das mache (mein Mann weiß nichts davon), aber es scheint mir angebracht:

»Zwei Menschen, die ihre Stirn an der gesellschaftlichen Mauer wundgerieben haben – zu allen Zeiten gibt es solche, der Verlauf solcher Wege entzieht sich unserer Einflussnahme; uns bleibt stückweises Begleiten, Versuche zu verstehen und ihr Geheimnis anzunehmen und es nicht zu verletzen. Wer entscheidet denn über Sinn oder Unsinn von Leben und Tod? Verantwortung zu übernehmen ist so lange sinnvoll, als man sie zu tragen vermag, und setzt zudem den zu verantwortenden Inhalt voraus. Für deinen Weg wünsche ich dir viel Mut und Entschlossenheit und vor allem die Kraft zu beidem, dass du wagst dich zu öffnen, loszulassen, leer zu werden um vielleicht neu empfangen zu dürfen.«

III. DR. BANDLER

Lehr? Es ist schwierig, über ihn zu sprechen. Wir teilten eine gemeinsame Wohnung, zunächst für kurze Wochen in der Metzener Altstadt, dann am Stadtrand. Begegnet sind wir uns zum ersten Mal in Straßburg. Wirklich bekannt gemacht hat mich Ferrer mit ihm in Mellenborn. Wir haben uns gut verstanden, letztlich aber ist unser Kontakt mehr oder weniger über Ferrer gelaufen. Eine Eigenständigkeit hat unsere Beziehung nicht erlangt. Vielleicht deshalb, vielleicht auch aus Gründen seiner baldigen Erkrankung trat ich ihm gegenüber immer auch als Fachfrau auf. Vielleicht mehr noch als Fachfrau denn als Privatperson. Ich glaube gar, er wollte das so. Ich drängte ihn zum Beispiel zu einer Konsultation bei Frau Professor Plasson, dies, obwohl ich persönlich keine Anhängerin von Medikamenten bin. Aber sein Zustand drohte völlig außer Kontrolle zu geraten, ich sah als Übergangslösung keine andere Möglichkeit. Dass er allerdings bei mir persönlich in Behandlung gewesen sein soll, das stimmt nicht. Auch war dies nicht vorgesehen. Unser gemeinsames Wohnverhältnis stand mit irgendwelchen therapeutischen Maßnahmen in keinem Zusammenhang. Es stand niemals zur Diskussion, dass Lehr zu mir in die Therapie käme. Seine Besuche in Mellenborn fanden zur Hauptsache im Rahmen von Konsultationen bei Frau Professor Plasson statt. Meine Aufgabe in Mellenborn hingegen hatte nichts mit Pharmakologie zu tun. Ich kenne Frau Professor Plasson nicht persönlich. Die im Buch scheinbar authentisch wiedergegebenen Dialoge zwischen Ferrer, Lehr und mir nehmen sich völlig verzerrt aus. Ich kann mich nicht an Gespräche erinnern, die ein solches Ausmaß an Absurdität gehabt hätten, wie im Buch dargestellt. Obgleich, ich muss das zugeben, die Gespräche vereinzelt doch sehr absurde Tendenzen hatten. Über die verschiedenen Vergangenheiten oder eben die ungeklärte Vergangenheit Lehrs machte ich mir nie allzu große Gedanken. Dass er einmal Knaben geliebt haben soll, ich könnte es mir gut denken. Ich würde ihn eines Mordes nicht für fähig halten, schließe aber die Möglichkeit nicht aus, dass er in bestimmten Situationen Gewalt anwenden könnte. Dieses Gewaltmoment ginge, so sehe ich das, am ehesten aus seiner übertriebenen Selbstgerechtigkeit hervor, eine Selbstgerechtigkeit, die wiederum ein Produkt seiner übertriebenen Selbstkritik, seiner Selbstanklage, ja, vielleicht gar seines Selbsthasses war. Ich kannte und kenne wenige Menschen, die sich so schnell angegriffen fühlten oder fühlen, wie dies bei Lehr der Fall war. Sagte ich zum Beispiel, wir sollten in der gemeinsamen Küche wieder vermehrt auf Sauberkeit achten, da verhärteten sich seine Gesichtszüge, seine Augen bekamen einen eigentümlichen, sonderbaren Glanz und im Stile eines christlichen Eiferers begann er sogleich, sich zu rechtfertigen. Fügte ich dann an, dass ich nicht ihn persönlich für die Situation verantwortlich mache, sondern dass meine Bemerkung als Aufforderung an alle gedacht sei, fern von Schuldzuweisungen, so begann er seine Rechtfertigung zu rechtfertigen. In solchen Augenblicken wurde mir bewusst, dass unserer Kommunikation Schranken gesetzt waren, emotionale Schranken. Was mich aber immer wieder erstaunte: In der Einschätzung verschiedener Dinge, es mochten Bücher sein, Filme, kleine Dinge auch, Geschmacksangelegenheiten, Personen, da stimmten wir oftmals überein (mit Ferrer war das weit weniger der Fall). Vielleicht wäre es angebracht, von Lehr als einem in vielen Hinsichten einem weiblichen Wesen sehr verwandten Mann zu sprechen. Andererseits kultivierte er seine Weiblichkeit manchmal allzu sehr, so dass sie ins Männliche zurückkippte. Insgeheim, ich weiß das, warf mir Lehr meine Bürgerlichkeit und meine vielen Besuche zu Hause bei meiner Familie vor. Aber, um ehrlich zu sein, mir kam seine Distanz zu seiner Familie als bloß gespielte vor.

Trotz allen Irritationen, ich habe Ferrer nie gedrängt, die gemeinsame Wohnung aufzugeben. Es war vielmehr Ferrer selbst, der dies wünschte. Umso erstaunter war ich, als Ferrer ein halbes Jahr später Lehr auf diese Ostreise folgte. Sie trafen sich in Istanbul, das steht ja ganz richtig im Buch. Für mich war klar, dass mit der Abreise Ferrers auch unsere Beziehung endete. Und Ferrer wusste dies. Ich riet ihm entschieden von der Reise ab, in erster Linie seinetwegen. Ich wusste, dass die beiden sich gegenseitig krank machten, krank im Kopf. Es war da ein Abhängigkeitsverhältnis, das sich in grenzenloser Konkurrenz einerseits und in grenzenloser gemeinsamer Abschottung gegen außen andererseits niederschlug. Es war eine symmetrische Abhängigkeit, insgesamt – bis auf den Schluss, aber da müsste ich Genaueres wissen.

Vielleicht das noch: In der Therapie von Frau Charkeminski wurde laut den Berichten mehrmals die Frage der Identität von Lehr und Ferrer aufgeworfen. Ich muss eine Identität eindeutig verneinen. Weshalb die Geschichte mit Grasi und vor allem der amalfitanische Fischer aufgewärmt werden mussten, das verstehe ich nicht. Sie sind nicht falsch wiedergegeben, mindestens soweit sie sich auf Faktisches beschränken, aber ich verstehe den Sinn nicht. Geärgert haben mich die Geschichten über meine Kusine und über meine Mutter. Besonders gestoßen habe ich mich an der Szene mit meiner *uja*-singenden Mutter. Dass ich mit rotem Kopf im Bett gelegen und geweint haben soll, als Lehr und Ferrer draußen im Korridor, meine Mutter verhöhnend, *uja* sangen und auf und ab tänzelten, stimmt nicht. Ich habe geweint, aber der Kopf war nicht rot. Dass hinter Ferrers literarischen Erfolgen seine Mutter gestanden haben soll, war auch für mich neu. Ich halte es für möglich. Das wärs, was ich in aller Kürze zu sagen habe. Vielleicht noch eines: Lehr suggeriert mit dem Hinweis auf die Weingläser, dass es sich bei Ferrer und mir um Alkoholiker gehandelt habe. Was mich betrifft, muss ich auch das verneinen.

Belletristik im Rotpunktverlag

Beat Sterchi
AUCH SONNTAGS ETWAS KLEINES
Lange Listen, kurze Geschichten
112 Seiten, gebunden.
Zürich 1999
ISBN 3-85869-181-X
Geschichten, so klein, sie sträuben sich sogar, erzählt zu werden. Zu ihrem Recht kommen endlich Apfelküchlein, Gratiszeitung und die Liste...

Heinrich Kuhn
HAUS AM KANAL
Roman, 224 Seiten, gebunden.
Zürich 1999
ISBN 3-85869-173-9
Der Roman »Haus am Kanal« erzählt, wie ein liebgewordener Haushalt aufgelöst werden muß. Die »Abbruchsituation« versetzt die Beteiligten in einen fragilen Zustand.

Jochen Kelter
DIE KALIFORNISCHE SÄNGERIN
Erzählungen, 208 Seiten, gebunden.
Zürich 1999
ISBN 3-85869-174-7
Außenseiterfiguren und Menschen, die im Schatten der Geschichte standen: Die neuen Erzählungen von Jochen Kelter wollen festhalten und sich erinnern.

Belletristik im Rotpunktverlag

Olivier Sillig
BZJEURD
Roman, 189 Seiten, gebunden.
ISBN 3-85869-168-2
Eine Zeit, die wahrscheinlich in der Zukunft liegt; eine Landschaft aus wandernden Schlammdünen; vereinzelte Dörfer, die als Oasen aus Festland ein kärgliches Leben ermöglichen, und im Zentrum eine Festung, die Mördertrupps ausschickt – das ist die Welt von Bzjeurd, dem Reiter der Trauer.

Enrico Danieli
WIE DURCH EIN PRISMA
Novelle, 154. Seiten, gebunden.
ISBN 3-85869-169-0
»Das ist gestaltete Literatur, welche die Rationalität des Aufbaus mit der Gestimmtheit einer einmaligen Atmosphäre zu verbinden versteht.« *Der Bund, Bern*

Hanna Rutishauser
ZWISCHENHALT IN SUBOTICA
Erzählungen, 240 Seiten, gebunden.
ISBN 3-85869-143-7
»Hanna Rutishausers Figuren bewegen sich durch das Buch wie Züge, fahren auf einem riesigen, die Welt umspannenden Schienennetz, jede die Waggons der eigenen Geschichte hinter sich herziehend. (…) Ihr ist ein schönes, trauriges und aktuelles Buch gelungen.« *Züri-Tipp*

Belletristik im Rotpunktverlag

Marco Thomas Bosshard
GESANG OHNE LANDSCHAFT
Roman. 192 Seiten, gebunden.
ISBN 3-85869-170-4
Unter dem Eindruck einer Begegnung im heutigen Granada entsteht in der Phantasie des jungen Ich-Erzählers das Gemälde einer Generation im Aufbruch.

SCHNELL GEHEN AUF SCHNEE
Stadtgeschichten. 240 Seiten, gebunden.
ISBN 3-85869-144-5
»Als lendenlahm kann gewiß keine der 60 Kurzgeschichten bezeichnet werden, dazu haben die sieben Autoren und Autorinnen einfach zu viel Phantasie.«
Tages-Anzeiger, Zürich

Yusuf Yesilöz
REISE IN DIE ABENDDÄMMERUNG
Erzählung. 160 Seiten, gebunden.
ISBN 3-85869-142-9
Eine kurdische Dorfgeschichte und gleichzeitig ein eindrückliches politisches Dokument. Eine Geschichte über Militär- und Polizeirepression, Gewalt- und Spitzelherrschaft und die Solidarität der Unterdrückten untereinander.

Fantastische Literatur im Rotpunktverlag

P. M. als Rodulf von Gardau in
DIE SCHRECKEN DES JAHRES 1000
Utopischer Ritterroman, Band 1.
312 Seiten, gebunden.
ISBN 3-85869-128-3
»Und sollte die Fortsetzung nur halb so witzig und geistreich sein; wir könnten uns dennoch auf eine vergnügliche Lektüre freuen.« *Neue Zürcher Zeitung*

P. M. als Rodulf von Gardau in
KUMBI
Utopischer Ritterroman, Band 2.
272 Seiten, gebunden.
ISBN 3-85869-139-9
Im zweiten Band des fantastisch-utopischen Ritterepos' »Die Schrecken des Jahres 1000« wird Rodulf von Gardau von mysteriösen Stammeskriegern entführt, von Sklavenjägern quer durch die Sahara verschleppt und als Philosoph an die Akademie des Tunka von Kumbi verkauft.

P. M. als Rodulf von Gardau in
PUKAROA
Utopischer Ritterroman, Band 3.
580 Seiten, gebunden,
ISBN 3-85869-172-0
Im dritten Band von »Die Schrecken des Jahres 1000« verschlägt es Ritter Rodulf von Gardau in die Südsee und nach China. Wird er die abenteuerliche Heimreise durch Innerasien überleben?